RICA

Libére-moi de ce grimoire !

Édition originale : Cet ouvrage a été publié pour la première fois en 2022 sous le titre original *Das Buch mit dem Fluch – Hol mich raus, aber zack!*

Texte et concept : Jens Schumacher

Illustrations (couverture et intérieur) : Thorsten Berger

Édition française

Direction de la publication : Carine Girac-Marinier

Direction éditoriale : Stéphanie Jouzier

Édition : Nadine Martrès

Traduction française : Brice Germain

Lecture-correction : Élisabeth Le Saux

Adaptation de la mise en pages : Charline Husson

21, rue du Montparnasse
75283 Paris Cedex 06

ISBN 978-2-03-605355-7

Loi n° 49-956 du 16 juillet 1949 sur les publications destinées à la jeunesse, modifiée par la loi n°2011-525 du 17 mai 2011.

JENS SCHUMACHER

Libère-moi de ce grimoire ensorcelé

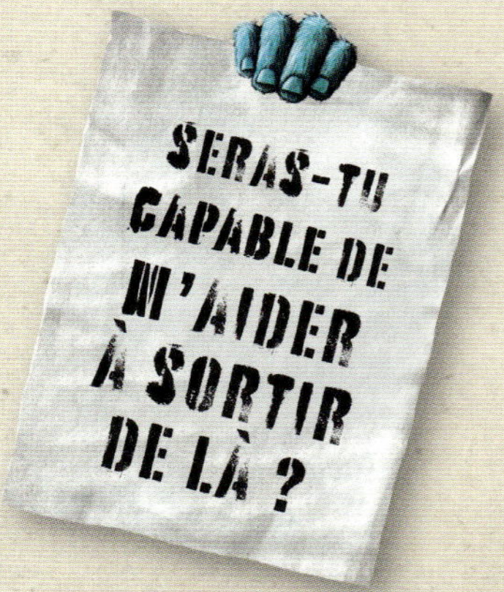

Illustré par
Thorsten Berger

LAROUSSE

On désigne par crétacé la période géologique qui débuta il y a environ 145 millions d'années et s'acheva 66 millions d'années avant notre ère. À cette époque, notre planète ne ressemblait pas du tout à celle que nous connaissons aujourd'hui. De nombreux continents ne s'étaient pas encore détachés de l'immense paléocontinent qu'ils composaient autrefois, la Pangée. D'autres n'avaient pas encore pris la place qu'ils occupent de nos jours. Des jungles presque impénétrables recouvraient les terres émergées, le climat était chaud et humide. Les volcans crachaient de la lave et des cendres dans le ciel, les pôles Nord et Sud n'avaient pas de…

Hé !
Hé, toi !

YOUHOU !

Au cœur de cette nature vierge et sauvage évoluaient les plus grandes créatures qui aient jamais vécu sur cette planète : les dinosaures. Parmi les plus connus de ces gigantesques reptiles, on trouvait le diplodocus, sauropode au long cou, qui pouvait atteindre 25 mètres de long, le tricératops, qui présentait de fortes similitudes avec le rhinocéros et pesait plus de 10 tonnes, ou le terrifiant tyrannosaure, le plus puissant carnivore de tous les…

Ici ! ICI !!!

Veux-tu bien regarder par-là, oui !

ICiiiiiiiiiiiiiiiiiiiiiiiii !!

Ah, enfin ! Oui, ici !
Qu'est-ce que tu regardes, comme ça ?

Hein ? Ben, non, je ne suis *pas* un dinosaure, gros malin ! Et bingo pour le petit humain au gros nez ! Tu as déjà vu un saurien avec des poils bleus, toi ?

Comment ça ? Tu n'as encore *jamais vu* de dinosaures ? À part dans les livres ? C'est vrai, personne ne peut dire à quoi ils ressemblaient vraiment !

D'accord, tu marques un point...

L'alamosaure fait partie des sauropodes (ces sauriens au long cou et à la tête proportionnellement petite). Il vivait en troupeaux et avait des comportements similaires à ceux de nos bovins actuels. Quand il se sentait en danger, le groupe était pris de panique et fuyait en une cohue désordonnée, piétinant tout sur son passa...

Hein ? Que ? Quoi ?

UNE COHUE ?

Effusion de sang et crampe au mollet – ces colosses à la cervelle de moineau sont en train de se ruer sur moi !

AU SECOURS !!!

OUILLE
– Fais un peu attention, le gros balourd !!!

Malheur, des pattes, tout autour de moi ! Et vous pourriez tout de même vous couper les ongles de temps en temps, bande de géants malpropres !

AÏE !

À L'AIIIIIIDE !!!

Oui, toi ! Le petit qui tient ce livre entre ses doigts boudinés ! Dis-moi vite combien d'ongles de sauriens pas coupés je dois éviter pour sortir d'ici vivant !

Combien de griffes de dinosaures vois-tu ? Poursuis ta lecture à la page correspondant à leur nombre !

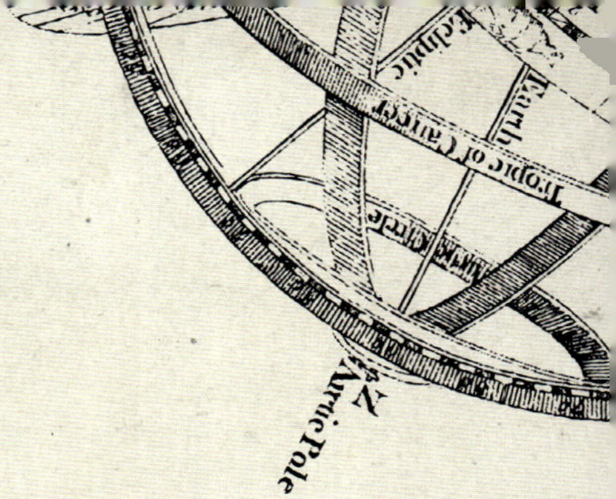

Une des personnalités les plus influentes des XVIe et XVIIe siècles fut le savant italien Galileo dit Galilée. Ce grand homme, né en 1564, se consacra tout d'abord aux mathématiques, puis à la physique et à l'astronomie. Il inventa notamment une version améliorée du télescope ainsi qu'une horloge.

Galilée se fit connaître dans le monde entier lorsqu'il affirma que la Terre n'était pas au centre de notre Système solaire, mais que c'était bien elle qui tournait autour du Soleil et non l'inverse. En exposant sa théorie, il était très en avance sur son temps – et cela eut pour lui des conséquences funestes. Ses enseignements et ses livres furent interdits et le savant fut emprisonné. Bien des années plus tard...

MERIDIAN
Zenith Z

PFIOUUUU

Enfin sorti de cette prison de pierre !

Où est-ce que je suis maintenant ?
Et c'est qui, ce vieux type à la barbe démodée ?

Qu'est-ce que tu dis ?
Un *génie* ?
Aha. M-hmm. Bien, bien.
Je m'en moque. Tant qu'il ne nous dérange pas pendant qu'on *essaie* de...

Ah, très bien ! On dirait qu'il va se coucher. Excellent ! Comme ça, on va pouvoir tranquillement fouiller son atelier.
Pour chercher quoi ? Foin d'avoine et gruau gluant – tu n'as donc *absolument* rien dans le crâne ?

Si ce type est *vraiment* un génie, alors il sait *sûrement* que l'enfer existe et il possède très *probablement* des livres sur la sorcellerie. Ce *genre* de livre pourrait nous être d'une aide très précieuse pour retrouver la bonne formule magique. Au cas où je ne te l'aurais pas encore dit...

... *En cours de formules magiques, j'ai un tout petit 13 de moyenne, donc je ne suis pas exactement le premier de la classe.*

HA ! LÀ !

Regarde là-bas, le gros livre posé sous cette structure bizarre avec les boules de différentes couleurs. Un écriteau est accroché dessus, avec écrit : « Système solaire (maquette) ».

OPUS DAEMONOLOGICON

C'est un des grimoires les plus célèbres et les plus renommés qui existent sur les formules, rituels et pratiques de magie les plus secrets ! Il nous *le* faut !

PAR ICI, LE BOUQUIN !

BA-DABOUUUM!!!

Oups ...

Crotte de mite et crotte de nez – le machin avec les boules s'est cassé la figure.
OH NON – tu entends ? Le bruit a réveillé Figaro Gallo, ou je ne sais plus le nom de ce génie. Il ne va pas tarder à venir ici pour voir si tout va bien. On ne pourra jamais faire de magie !

On doit absolument réparer cet étrange Système solaire avant qu'il n'arrive ici !

Autrement dit : **TU** DOIS RÉPARER CE SYSTÈME SOLAIRE AVANT QUE GLABOLEI N'ARRIVE ICI !!!

Vite, vite, à ton avis, où est positionnée chacune des boules ? Malheureusement, Glabo Glabolei a eu la mauvaise idée de tailler toutes les boules à la même dimension. Mais, sur ce plan, on les voit dans le bon ordre et avec des proportions cohérentes. Et il y a même un bout de papier qui te donne quelques précisions sur l'agencement des petites boules entre elles.

ALLEZ, AU BOULOT !

DÉPÊCHE-TOI !!!

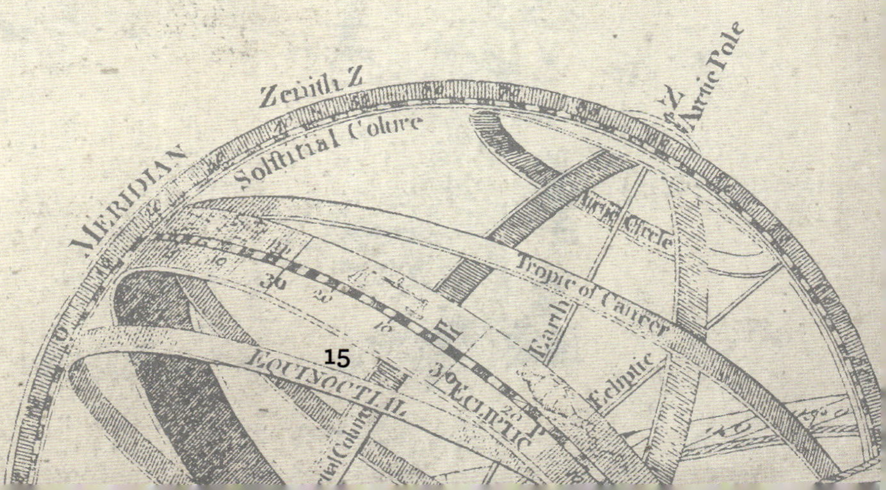

- Mars est une proche voisine de Jupiter.
- La Terre est entourée de planètes plus petites qu'elle.
- Jupiter est le plus grand corps céleste du Système solaire.
- Pluton est la planète la plus éloignée du Soleil.
- Vénus et Mars sont séparées par une autre planète.
- Saturne a des anneaux particulièrement visibles.
- Mercure est la planète la plus proche du Soleil.
- Neptune est une proche voisine de Pluton.

Remets les boules en bois de Galilée dans le bon ordre, en notant le nom de chaque planète et le nombre qui lui est associé à la place correspondante dans la maquette du Système solaire. Effectue ensuite le calcul proposé (attention à l'ordre des opérations, entre les multiplications, les additions et les soustractions !) : le résultat te donnera le numéro de la page où tu dois poursuivre ta lecture !

AAAAHHHH !!!

D'où est-ce qu'elle sort, celle-là ?!?
Pas touche !!
C'EST DÉGOÛTAAAAAANT !!
DE LA BAVE !
DE LA BAVE
D'UNE INCONNUE
SUR MON VISAGE !!!

AAAAAAAAAAAHHHHHHHHHH !!!!!!!!!!

Fais en sorte que ça cesse ! Tire-moi de là !

Vite !!!

Secoue le livre !

Secoue le livre !!!

de la baaaaave !!!
AAAHHHHHHHHHH !!!!!!

Ferme le livre et secoue-le bien fort pendant dix secondes. Ensuite, trouve une double page où je suis recouvert de bave et reprends ta lecture à partir de là !

Bon, maintenant que les choses sont claires, débrouillons-nous pour partir d'ici.

HAAAALTE !

Ne referme pas le livre et ne le mets pas de côté !
Morve au nez et glaires de moutons ! Je le sais bien, que TU peux sortir d'ici à tout moment ! Peut-être que j'aurais dû m'exprimer autrement : débrouillons-nous pour que *je* parte d'ici !

Hmm, d'après ce que je vois, dans *cette* grotte déserte, il est impossible de réaliser un rituel magique plus complexe que, disons, le chaprot...

Comment ça ? Tu ne connais pas le chaprot ?

Ah, oui, c'est vrai. Tu ne connais *aucun tour de magie*. J'avais oublié.

Le chaprot est une plaisanterie ancestrale que n'importe quel démon maîtrise avant sa vingtième année de primaire. Voilà en quoi cela consiste : tu chapardes un chapeau ou n'importe quel couvre-chef d'un prof, tu prononces la formule requise et tu finis en éructant vigoureusement à l'intérieur. Ensuite tu reposes le truc quelque part à un endroit bien visible, tu attends que le prof revienne et tu regardes s'il est assez bête pour le mettre sur sa tête.

Et alors :

BROOOAAARRRRRPL!!!

Pas mal, non ? Même si, personnellement, j'ai une préférence pour le lance-glaviot...

Comment ? Non, on n'a pas le temps pour ça. Il nous faut surtout un endroit approprié pour envisager un rituel convenable !

Tu vois le passage, là, derrière ? Je vais y jeter un coup d'œil pour voir où il mène. *Dès que je serai parti, tu compteras en silence jusqu'à 20 et ensuite tu me rejoindras en tournant la page.*
Compris ?

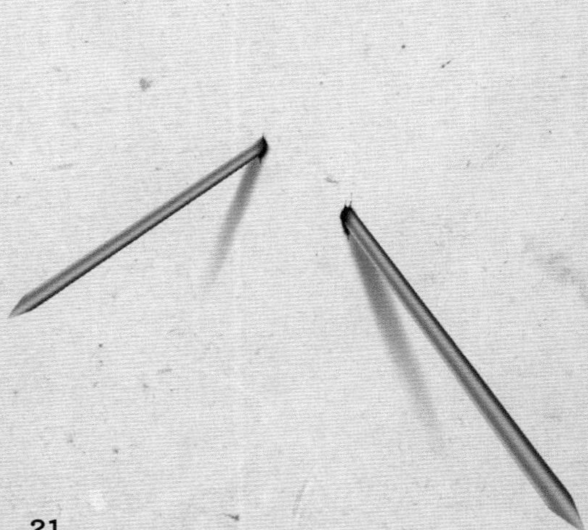

HÉÉÉÉ-
HOOOO !!!
TU M'ENT EEEEENNDS

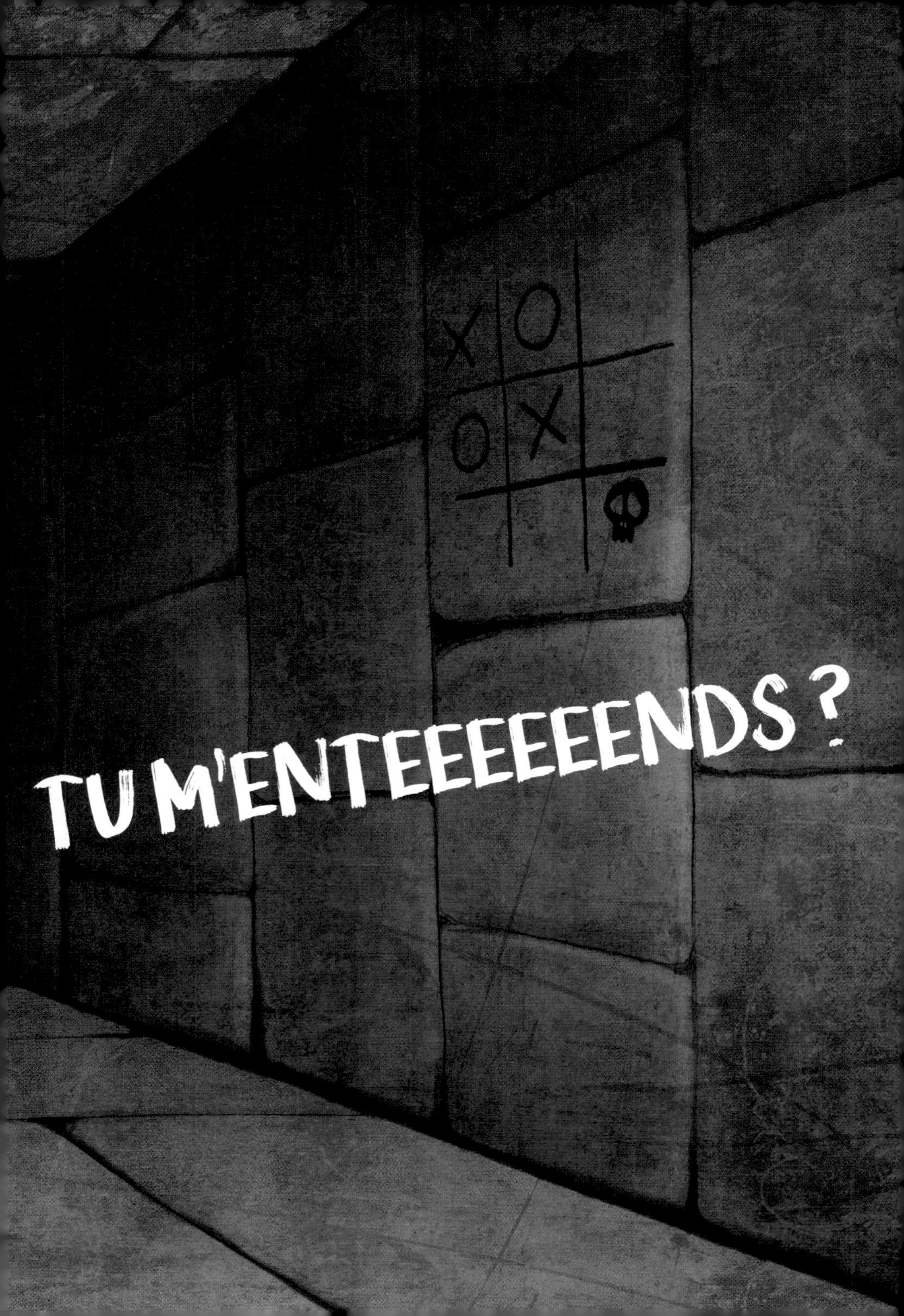
TU M'ENTEEEEEEEENDS ?

Ce réseau de souterrains est plus grand que je ne le pensais : des couloirs sillonnent tout le livre. Mais j'ai trouvé une grotte tout à fait correcte. Dans un premier temps, on va pouvoir s'installer là et réfléchir au moyen de me libérer. Il faut quand même que je refasse un peu la déco...

Pendant ce temps-là – **dépêche-toi de me rejoindre ici !**

Je t'ai indiqué le chemin à suivre en semant du gravier. Comme je te l'ai dit : les galeries communiquent entre elles partout dans ce livre. Suis donc les gravillons en bas de chaque page en les parcourant toutes et compte les cailloux. Leur total te donnera le numéro de la page où je t'attends.

Et maintenant, bouge-toi un peu, on a plein de choses à f... *Hey* !

HEY!!!

Bas les pattes, sales créatures puantes et hirsut...

– mmmmmpfhh –

Il s'est passé quelque chose ! Vite, compte tous les petits cailloux dans le livre et rends-toi à la page correspondante !

AAAÏÏE !!!

Tu es malade ?
J'ai dit : « SANS finir dans le bec d'une de ces sales bêtes » !

*Reviens à la **page 33** et essaie encore !!!*

PFIOUUU, c'était moins une ! Je n'ose même pas imaginer le carnage si un de ces mastodontes m'avait marché dessus avec ses pieds répugnants...

Tu as fait ça de manière... disons *assez correcte*. Ça aurait quand même pu aller un peu plus vite. Compter, c'est pas trop ton fort, n'est-ce pas ? Mais, peu importe. En tout cas, maintenant, tu pourras te vanter toute ta vie d'avoir sauvé la vie d'un vrai démon des enfers.
Tu es impressionné, j'espère !

Je ne suis pas un dino, je te l'ai déjà dit. Et je ne vis pas ici, dans ces contrées hostiles. Regarde un peu où je suis : pas de télé, pas de cheeseburger, pas de réseau pour le portable ! Partout des plantes bizarroïdes et des lézards aussi énormes que stupides. Être ici, c'est *encore* plus barbant que d'assister à deux heures de cours de formules magiques avec maître Bromulak !

Comment ça ? Qui je suis ?
Et comment je me suis retrouvé dans ce livre ?

Bonnes questions... Surtout venant de quelqu'un comme toi. Qui je suis, je peux te le dire sans problème : tu as le plaisir et l'honneur de parler ni plus ni moins qu'à...

SNUPHULUZIUS RADIOMIR QUOLPH BATALYX PHERKULEK GOLCHONG XVII.

Un des démons les plus puissants que l'enfer ait jamais créés !

Comment je suis arrivé ici, ça, c'est une histoire un peu plus compliquée. Elle a commencé il y a longtemps, dans les profondeurs des enfers, lorsque Snuphuluzius Radiomir Quolph Batalyx Pherkulek Golchong XVII décida qu'il était temps de...

WHOOOA

A!!!!

Qu’est-ce qu’il se passe encore ?

Le sol vibre bizarrement. On dirait que quelque chose se précipite à toute vitesse dans ma direction – et il semblerait même que tout un troupeau arrive vers ici !

De plus petits carnivores, tel l’agile vélociraptor, chassaient en meute. Grâce à leur rapidité et à leur intelligence, ils étaient capables de venir à bout d’animaux bien plus grands et puissants qu’eux…

Sacrés vélociraptors ! Ce sont donc *eux* qui ont fait fuir les mastodontes !

Il faut que je me cache. Mais où ?
Je vais essayer la forêt, là-bas ! Si j’arrive à courir assez vite pour atteindre l’autre côté, je pourrai peut-être échapper à ces gloutons déplumés…

Caries et parodontose ! Il y en a aussi DANS la forêt ! Cette fois, je suis vraiment dans le pétrin ! À moins que...

TOI !

OUI, TOI !

De l'extérieur, tu peux agir sur le livre – et sur tout ce qui s'y passe !

Plie la page sur laquelle tu aperçois la forêt et ses petits chemins de manière que je puisse passer de l'autre côté *sans* finir dans le bec d'une de ces sales bêtes !

DÉPÊCHE-TOIIIII !!!

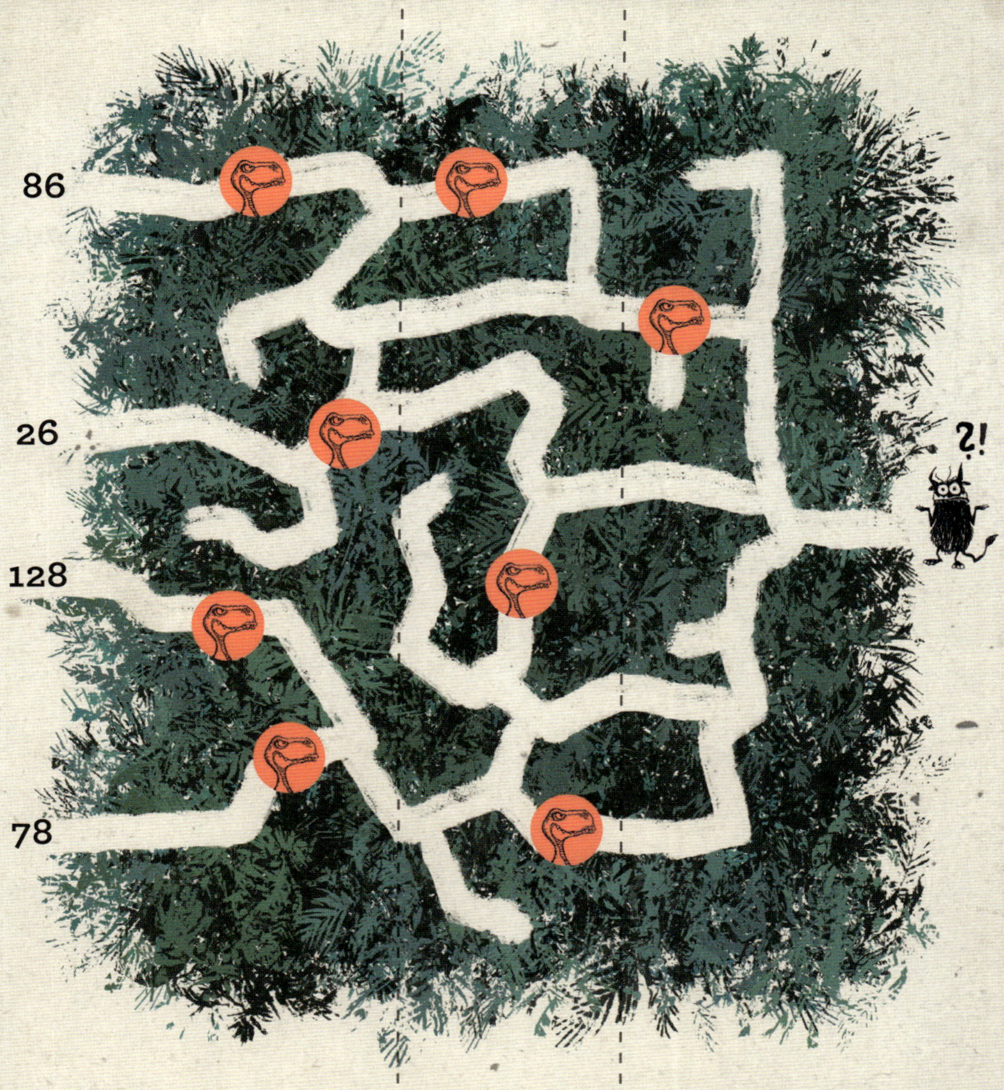

Plie la page suivant les pointillés de manière que la ligne à droite se pose sur le côté gauche de la carte. Laquelle des quatre sorties de la forêt est maintenant accessible sans danger ? Continue ta lecture en te reportant à la page correspondant au chiffre indiqué !

Un des ancêtres de l'homme moderne fut l'homme de Néandertal, qui vécut entre 500 000 et 30 000 ans avant notre ère.

Il chassait, entre autres, les mammouths et les rennes pour leur viande et récupérait leur fourrure pour s'habiller et se protéger du froid, mais aussi pour améliorer son habitat. Il était également capable de fabriquer des armes et des outils à partir de bois, de pierre et d'os. En ce qui concerne son intelligence, les avis des spécialistes divergent. On suppose qu'elle n'est évidemment pas comparable à celle de l'homme contemporain et que ce fut d'abord son jeune cousin, l'homme de Cro-Magnon, qui fut capable de…

GRAFFITY

Ah, enfin, te voilà ! Fais quelque chose !

Hein ? Je n'en sais rien non plus… Je crois que ces espèces de singes sont fâchés parce que leurs gribouillages puérils ont un peu souffert. Moi, je voulais juste créer une atmosphère un peu plus adaptée à notre rituel magique dans cette sinistre caverne… **AÏE !**

Tu vas arrêter, oui, gros balourd ! Ça fait **MAL !**

Oh, là, là… ces créatures se comportent vraiment comme des *hommes primitifs* !

AU SECOURS !!!

Regarde au bas de la page : il y a des bouts de roche qui ressemblent à des silex. Je ne sais pas du tout si ces étranges créatures ont déjà découvert le feu, mais si nous arrivons à provoquer des étincelles, *cela va les effrayer à coup sûr* !

Frotte vigoureusement ton doigt sur les pierres... oui, comme ça !
Maintenant, recourbe la feuille jusqu'à recouvrir les pierres...

OUII !

FEURIOOO !!!!

Replie le coin inférieur de cette page jusqu'à ce que les pointes des flammes atteignent l'arrière-train du monstre des cavernes qui me retient. Et ensuite tourne vite la page !

HA, HA, HA !

Ça a fonctionné !

Tiens, ça vous apprendra à vous mêler des affaires d'un démon des enfers lorsqu'il est sur le point de préparer un rituel magique important, faces de macaques !

Maintenant que cette histoire est réglée, concentrons-nous enfin sur notre mission.

Voilà comment on va procéder : je vais continuer à barbouiller ces murs avec des formules de magie noire d'une **méchanceté** inconcevable tandis que tu disposeras des pierres par terre pour représenter un symbole magique qui se transformera, à la fin du rituel, en un portail qui me permettra enfin de m'échapper de ce livre !

J'avais déjà représenté ce motif avec des pierres, mais ces cornichons poilus l'ont piétiné... Du coup, maintenant, il est recouvert d'un milliard de pierres dont on n'a pas besoin.

Retire toutes les pierres qui ne font pas partie du symbole !

Eh bien, vas-y ! Qu'est-ce que tu attends ?

Je n'ai utilisé que les pierres vert clair, toutes les autres peuvent être enlevées !

Repère toutes les pierres vert clair et relie-les entre elles en traçant une ligne continue (celle-ci ne doit pas se croiser), ce qui te permettra d'obtenir un symbole en forme d'étoile. Multiplie alors le nombre de branches de l'étoile par 10 et tu obtiendras le numéro de la page où tu devras poursuivre ta lecture !

Au début du quaternaire, il y a environ 2,6 millions d'années, la Terre était peuplée par les ancêtres de nombreux mammifères actuels, comme le mammouth, le paresseux géant, le tigre à dents de sabre ou l'ours des cavernes. À cette période, certaines espèces de singes quittèrent leurs arbres et, petit à petit, adoptèrent la position debout.

Vers la fin de cette période, certaines de ces espèces de singes ont évolué jusqu'à devenir les ancêtres directs de l'actuel...

HÉ HOOOOO !!!

Oui, je suis là !

Eh bien, tu en as mis du temps ! Je n'ai encore jamais vu quelqu'un d'aussi mou juste pour feuilleter quelques pauvres petites pages de rien du tout !

Au moins notre astuce a fonctionné : nous ne sommes plus au crétacé. Pour autant, ces cavernes en pierres moisies ne font pas preuve d'une folle modernité, mais au moins il n'y a plus de monstrueuses mâchoires sur pattes.

Maintenant, on va peut-être enfin pouvoir…
QUOI ?
Ah. Oui. Je m'en souviens.
Je devais t'expliquer comment je suis entré dans un livre.

Bon… Comment je vais te faire comprendre ça ?
Hmmmmm.

Tu auras droit à une version courte de mes péripéties. Premièrement parce que le démon extrêmement important et influent que je suis ne peut se permettre de perdre du… je veux dire, parce que je n'ai pas assez de temps pour cela.

Et deuxièmement, parce que je doute que tu aies les facultés intellectuelles nécessaires pour comprendre, même partiellement, toute mon histoire avec ses ramifications et ses actions parallèles.

Alors tu te tais et tu écoutes :

1. MOI (SNUPHULUZIUS), JE M'ENNUYAIS DANS L'ÉCOLE DES DÉMONS.
2. JE ME SUIS GLISSÉ DISCRÈTEMENT DANS LE LABORATOIRE DES ENFERS, CE QUI ÉTAIT STRICTEMENT INTERDIT.
3. J'AI GRIMPÉ DANS UNE MACHINE MYSTÉRIEUSE ET J'AI APPUYÉ SUR UN BOUTON QUI CLIGNOTAIT.
4. ÇA A FAIT **ZAP**.
5. JE ME SUIS RETROUVÉ DANS LE MONDE DE LA SURFACE.
6. J'AI ÉTÉ COINCÉ DANS CE LIVRE COMPLÈTEMENT DÉBILE !
7. DANS UNE SALETÉ DE **LIVRE**, SÉRIEUSEMENT !!!
8. J'AI CHERCHÉ ET TROUVÉ UN LECTEUR PAS TRÈS VIF.

9. NOUS AVONS ESSAYÉ ENSEMBLE DE ME LIBÉRER.
10. LE LECTEUR N'A PAS ÉTÉ TRÈS FUTÉ...
11. ... ET M'A ENVOYÉ DANS UN *AUTRE* LIVRE !

Hein ? Qui t'a permis de m'interrompre ?

Comment j'ai pu être coincé dans un objet inanimé ?

Couche déchirée et pluie diluvienne – tu ne lis donc jamais de contes, bon sang ? Tout le monde sait qu'il arrive régulièrement que des créatures surnaturelles se retrouvent enfermées dans des choses terriblement ennuyantes, figées et inconfortables, et qu'elles doivent y rester TRÈS TRÈS LONGTEMPS !

Prends par exemple... Khongotto Djinnoxoatl. Le voisin de la femme de ménage du cousin du partenaire de bowling du beau-frère du camarade de classe du gars qui est passé par hasard dans la maison de ma tante Hierulenzia il y a huit ans et demi.
Khongotto Djinnoxoatl.

Le vieux Khongotto avait une boutique d'astiquage de lampes dans un quartier de Démonville (capitale des enfers, cette métropole est située juste sous les pieds des habitants de la surface qui, comme toi, ignorent tout de notre monde). Il y polissait des lampes à pétrole, à longueur de journée. Khongotto était un travailleur acharné. Malheureusement, c'était aussi un magilcoolique. Il buvait beaucoup d'élixirs magiques. Même pendant le travail. Parfois il allait même jusqu'à ingurgiter cinq litres entiers d'élixirs à haute teneur en magie. Un jour, alors que Khongotto était en train de polir une loupiote à pétrole particulièrement jolie et ancienne, une poussière est venue se loger dans ses naseaux qui l'a fait éternuer comme une bête :

AAA-TCHI !!!

AAA-TCHI !!!

AAA-TCHI !!!

Au troisième « A-tchi », l'énergie magique que Khongotto avait ingurgitée à longueur de journée l'a fait entrer en un clin d'œil *dans cette fichue lampe* !

Il était coincé à l'intérieur et ne pouvait plus en sortir.

Les jours qui ont suivi, tout le monde se demandait où avait bien pu passer le vieux Khongotto. Au bout d'un moment, son magasin a été fermé et ses biens ont été vendus, y compris toutes les lampes qui y traînaient.

Par d'obscures voies détournées, l'une d'entre elles a fini par atterrir dans le monde de la surface... Et c'est justement celle dans laquelle était enfermé Khongotto !

Toute cette histoire date de plusieurs centaines d'années mais, si je me souviens bien, la lampe s'est retrouvée dans les mains d'un garçon du nom d'Aladin ou quelque chose comme ça.

Il a voulu nettoyer la lampe – et a alors libéré Khongotto Djinnoxoatl sans le vouloir. Le démon était tellement content qu'il a exaucé trois souhaits au gamin...

Comment ? Tu connais déjà cette histoire ? C'est bien ce que je disais ! Tout le monde sait à quel point on peut vite se retrouver coincé dans un objet inanimé.

Il m'est arrivé à peu près la même chose, d'autant que celui qui était censé me venir en aide n'était pas des plus brillants, si tu vois ce que je veux dire…

Quoi ? Ça t'intéresse *particulièrement* ? Ce misérable avorton qui devait m'aider à me libérer du premier livre dans lequel j'avais été enfermé ?
Mais pourquoi donc ?
Attends un peu…
Fais-moi voir de plus près ! Allez, rapproche un peu plus le livre de ton visage…

AAAHHH !!!

Bon sang, mais pas SI près ! C'est un coup à avoir une crise cardiaque !

OK, tu peux baisser le livre.

J'avoue, j'ai une drôle d'impression... Mon ancien escla... je veux dire : l'habitant de la Terre qui avait eu à l'époque l'immense honneur de m'aider en vue de me libérer, avait un petit air de ressemblance avec TOI.

Ou alors il te ressemblait vraiment.

Ou pas du tout.

Ou c'était *ton portrait craché*.

Qu'est-ce que j'en sais ?

Je suis un démon des enfers ! Ça veut dire que, pour moi, tous les gens de la surface ont la même tête : ça reste de drôles de sacs de peau informes avec des poils sur la tête !

Pardon ? Mais non, ce n'est *pas du tout vexant* ! Qu'est-ce que j'y peux, moi, si vous vous ressemblez tous autant ? En enfer – d'où je viens –, il n'y a pas deux créatures qui soient identiques ! *Même* les vagues points communs sont rares, y compris entre démons de la *même* famille.

Quoi ? Tu ne me crois pas ?
Eh bien, je devrais te présenter mon arrière-grand-oncle par alliance, Shrabranzius ! Il mesure 6 mètres et pèse presque 2 tonnes. Ses écailles brillent d'un rouge chatoyant, il a 288 canines dégoulinantes de poison et sur sa queue une rangée d'épines tranchantes comme des lames, avec lesquelles il pourrait transformer un éléphant en lasagnes, en un tour de main.

Son fils Mulchius, par contre (je précise que c'est mon arrière-grand-cousin par alliance, au cas où vous seriez trop au ralenti à la surface pour comprendre les liens de parenté les plus élémentaires), fait à peine plus de 10 centimètres de haut, est recouvert d'une fourrure vert clair, n'a qu'un seul œil (mais très gros) et cinq jambes.

Tu vois ce que je veux dire maintenant ?
Chez nous, c'est un jeu d'enfant que de nous reconnaître du premier coup d'œil quand on s'aperçoit au loin.

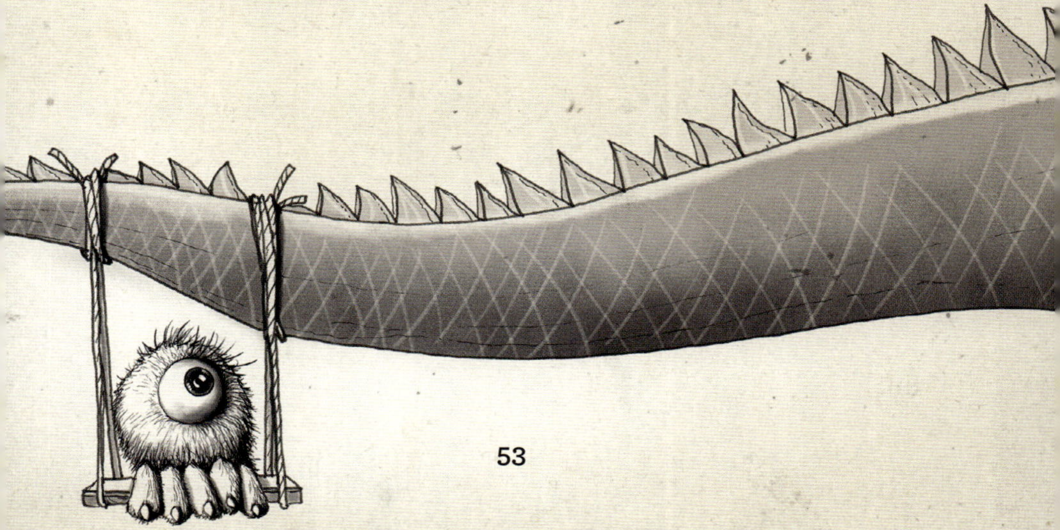

Dans le monde de la surface, par contre : deux yeux, deux oreilles, un nez (*toujours* au milieu du visage – ce que c'est *ennuyeuuuuuux*), un derrière plus ou moins gélatineux, des petits doigts boudinés sans griffes acérées… et sur le dessus, comme une couronne, une poignée de poils ridicules d'une couleur la plupart du temps banale à mourir, comme marron, jaune, gris ou noir.

Et c'est comme ça pour *chaque* humain.

CHA-CUN !

PLUS DE HUIT MILLIARDS DE SPÉCIMENS !!

Et tu t'étonnes très honnêtement qu'aucun démon ne soit capable de vous reconnaître ?

Mais revenons à nos moutons : il y avait cette personne, ce garçon… OK, peut-être que c'était une *fille*. Ce n'est pas facile pour nous de faire la distinction entre les filles et les garçons. Chez nous, il y a 17 genres différents en tout : *rigips, rundu, disphylaxae, postponétique, sacalatz, kestuveuvieu, biouti*… pour n'en citer que quelques-uns.

Quoi qu'il en soit, il/elle voulait bien m'aider à m'échapper du livre. Il va de soi que je l'aurais grassement récompensé(e) pour ses efforts si il/elle avait réussi sa mission !

- 13 voitures de sport.
- Une maison en or massif.
- Une malle de voyage remplie de billets de 500 €.
- Une statue en bonbon gélifié de 5 mètres de haut (parfum au choix),

ainsi que

- La toute dernière PlayStation avec TOUS ses jeux.

Voilà tout ce que je lui aurais offert par un simple tour de magie si il/elle m'avait sorti de là.

Et que me fait cette andouille ?

IL/ELLE LOUPE SON COUP !!!

Non mais, tu imagines un peu ? Je veux quitter toutes ces feuilles de papier étroites, moisies, ennuyeuses et stupides – et où est-ce que j'atterris ? Au milieu d'*autres* feuilles de papier étroites, moisies, ennuyeuses et stupides !

Alors ?

Non, au départ, je ne me suis pas retrouvé dans ce livre-ci, mais dans un manuel de mathématiques.

Exact :

Le GENRE DE LIVRE LE PLUS ENNUYEUX

QUI PUISSE EXISTER DANS TOUT L'UNIVERS CONNU !

À l'intérieur, c'était rempli de chiffres, de triangles, de rectangles et de plein de phrases beaucoup trop longues, qu'aucun être vivant n'est capable de comprendre, comme :

Calcule le coefficient à partir des inconnues X, Y et U à tangentielle quadruple, en rectifiant le rayon du cercle contre la diagonale de néologisme volontaire radiale – attention de bien retenir les racines carrées !

Dé-goû-tant !

Le seul avantage avec les nombres, les lignes et les figures géométriques, c'est qu'ils restent *immobiles*. Tout comme les lettres dans le premier livre où je me trouvais.

Du coup, je pouvais me déplacer sans entrave au milieu d'eux… Grignoter un 1 par-ci, un 5 par-là, glisser ailleurs grâce à la pente d'une parabole, tu comprends ?

À aucun de ces triangles ou trapèzes aux arêtes tranchantes n'aurait eu l'idée de me *poursuivre* ! Ou encore de me *dévorer* !

Enfin, bref. Je m'ennuyais tellement dans ce livre que j'ai rapidement sombré dans une léthargie profonde. Et comment te dire ? Dans les manuels de mathématiques, il est plaisant de roupiller !

J'ai dormi plusieurs semaines de suite.
C'était *reposaaaant*, je t'assure !

Quand je me suis réveillé, j'étais en pleine forme et je *débordais* d'énergie magique. Alors je me suis mis à élaborer un nouveau *rituel* pour me…

Comment ?
Oui.
Euh… Oui, c'est vrai. Comment tu le sais ?

Ça n'a évidemment pas marché, encore une fois.

Au lieu d'être catapulté dans le monde de la surface, je me suis retrouvé dans un livre spécialisé sur les prothèses dentaires.

Et ensuite dans un guide pour voyager au Zimbabwe.

Et ensuite dans un livre pour élever des chihuahuas.

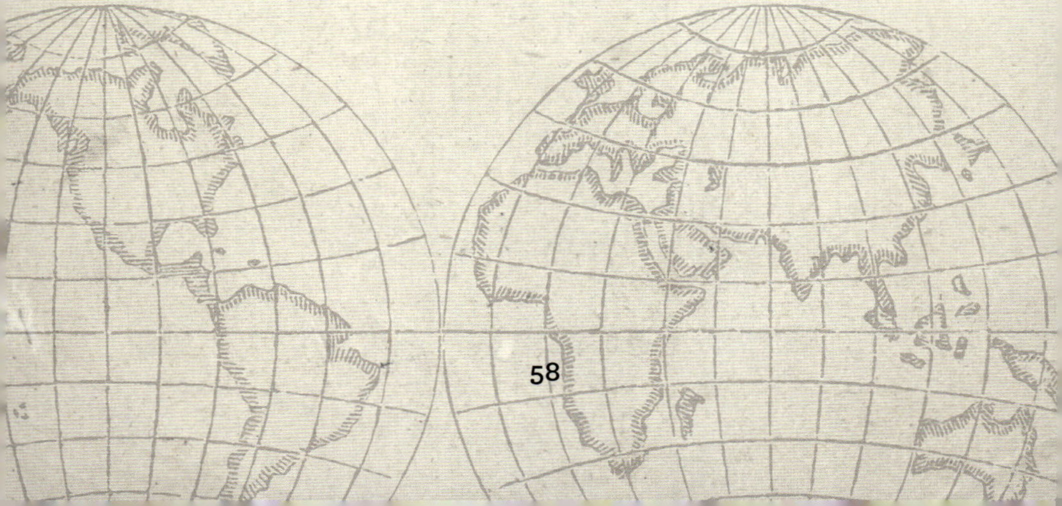

Et enfin... ICI. Dans un livre rempli de stupides reptiles et d'autres trucs super vieux !

À la différence près que les gros lézards ne sont pas figés dans leurs illustrations, EUX, mais qu'ils font ce qu'ils veulent !

Ils pourraient ME CROQUER par exemple !!!

Hmmm. Vraiment bizarre... Pourquoi c'est différent ici ?

Hein ? Non, c'était juste une question rhétorique.
Rhé-to-rique !
En gros, ça veut dire que TU n'en as aucune idée, de toute façon, et c'est pour ça que je ne te pose pas vraiment la question mais que je la murmure seulement à voix haute, perdu dans mes pensées.

Et puis ce n'est pas bien important après tout. Je trouverai la réponse plus tard. Ou jamais.
Le plus important, c'est que je *sorte* enfin d'ici – et SANS me retrouver encore dans je ne sais quel livre stupide !

Il faut que je parte d'ici ! Pour enfin explorer un peu votre drôle de monde. C'est tout de même pour ça que je suis monté dans cette machine à téléportation.

Il faut quand même se rendre compte : ça fait TEEEELLEMENT longtemps que je suis à la surface – et qu'est-ce que j'ai fait de chouette jusqu'à présent ?

- Est-ce que j'ai pris un bain moussant ?
  Non !

- Est-ce que j'ai regardé toutes ces fichues séries sur Netflix ?
  Non !

- Est-ce que j'ai fait s'affronter une armée d'humains débiles contre une autre armée d'humains imbéciles, juste pour m'amuser ?
  Non !

- Est-ce que je me suis gavé de glace, de chips, de pâte à tartiner jusqu'à l'écœurement ?
  NOOOON !!!

Tu vois : *il faut que* je sorte d'ici.
Impérativement et le plus vite possible !

Malheureusement, je ne peux pas m'échapper tout seul.
Hmmm...

TAAA-DAAAHHHH !!!

Félicitations !

VOUS venez d'être choisi
pour être l'assistant de
Snuphuluzius Radiomir Quolph Batalyx
Pherkulek Golchong XVII
et lui permettre de fuir
ce livre d'histoire à dormir debout !

De quoi ? Pourquoi je devrais te faire confiance, *à toi*, alors que l'un de vous autres, vilains petits choux si mignons, m'a si outrageusement trahi ?
Bonne question.

Attends… En fait, non. C'est une question parfaitement idiote !
Parce que : regarde un peu autour de toi et dis-moi si tu vois quelqu'un d'autre à qui je pourrais demander ça ?
Alors.

Et maintenant, tais-toi !

Et il n'y a pas de « mais » qui tienne ou quoi que ce soit d'autre. Tous les deux, on va préparer un petit rituel magique qui va ENFIN me libérer POUR DE BON.

Et si j'étais toi, je ferais un peu plus d'efforts car il faut absolument que tu relèves le niveau après l'échec lamentable de ton prédécesseur !

Bien. D'autres questions, escla... euh... drôle d'habitant de la surface ?

S!

AIDER!

– *« Non, tout est clair, ô grand Snuphuluzius ! Allons-y ! »* *(Poursuis ta lecture* ***page 20 !****)*

– *« Oui, j'aurais encore une question : qu'est-ce que j'y gagne si je t'aide ? »* *(Poursuis ta lecture* ***page 134 !****)*

Il y a environ 5 000 ans, un puissant royaume est né en plein désert sur le continent africain. Ses habitants, les anciens Égyptiens, n'ont pas seulement érigé des pyramides colossales ou des statues de divinités gigantesques, ils ont également fondé une culture extrêmement développée. À cette époque, ils maîtrisaient déjà une écriture complexe formée de drôles de dessins que l'on appelle les hiéroglyphes. Quand leur souverain, le pharaon, mourait, les Égyptiens préparaient son corps pour l'embaumer selon des rituels bien particuliers, dont même les scientifiques actuels n'ont toujours pas percé tous les secrets.

Fiente de crapaud et pipi de grenouille –
Qu'est-ce que c'était DÉGOÛTANT !

S'il y a bien quelque chose de plus abominable
que de la bave inconnue sur mon visage,
c'est BEAUCOUP de bave inconnue
sur mon visage !

BERRKK !!!

Je me demande bien d'où a pu sortir cette créature des cavernes.
Elle a dû m'apercevoir depuis un tunnel et a sans doute été séduite par mes ravissants pas de danse...

Beurk, répugnant ! Qu'elle était laide !

N'en parlons plus... Où sommes-nous maintenant ?
En Égypte ? Qu'est-ce qui te fait dire ça ?
Ah, oui. Parce que c'est écrit sur la page précédente.

OK, nous voici en Égypte, donc.

Ce n'est peut-être pas plus mal. Je veux dire, d'un point de vue des techniques de magie.

Hélas, on a dû abandonner à l'âge de pierre notre belle caverne rituelle, qui était presque finie, mais une petite voix me dit qu'il se pourrait bien qu'on trouve quelque chose de mieux *ici*. Après tout, les anciens Gyptiens avaient, à ce qu'on dit, une « culture extrêmement développée ».

Qui sait, peut-être qu'ils avaient déjà inventé la magie et que, quelque part dans ce gros tas de pierres, il se cache quelque chose qui pourrait nous aider ?

Allez, viens ! Explorons cette pyramite !

La pièce la plus importante dans ces vilains blocs de pierres était toujours la **chambre funéraire du Fahrio**. Il faut qu'on la cherche ! On va peut-être y trouver...

Pardon ? Comment s'appelle *quoi* ?

Tu es un petit monsieur Je-Sais-Tout, toi, tu sais ?

Attaque cérébrale et conque néphrétique ! Ça fait tourner la tête d'arpenter tous ces longs couloirs et, en plus, on perd complètement la vue d'ensemble.

Tu as une idée, toi, où pourrait se trouver la chambre funéraire ?

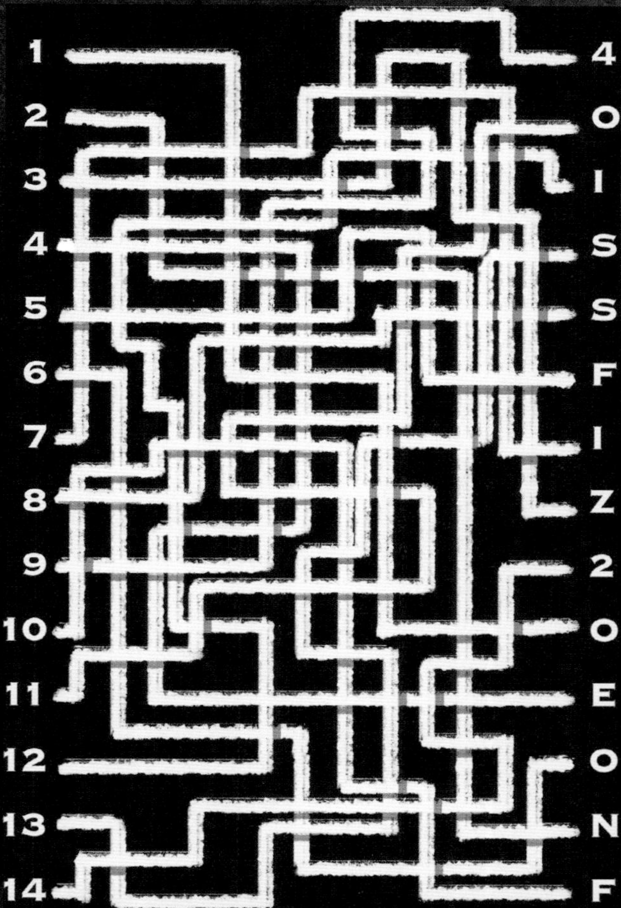

Suis chaque couloir l'un après l'autre jusqu'au bout et, pour chaque chiffre de 1 à 14, note sur la page de gauche le signe correspondant. Résous ensuite le calcul qui t'est proposé, et poursuis ta lecture à la page correspondant au résultat trouvé !

OUIII, TRÈS BIEN !

C'est exactement à ça que le symbole doit ressembler : un heptagramme magique !
Comment ? Ah, d'accord... Tu ne connais pas non plus ce mot.
Évidemment.

Je t'explique : un heptagramme est une étoile à sept branches. C'est un symbole aux pouvoirs magiques incroyablement puissants. On l'utilise pour tout et n'importe quoi dans le monde des enfers. Il renforce les effets de tout ce qu'un démon peut faire au long de la journée grâce à ses pouvoirs magiques.

Des exemples ?
Hmm.

Supposons que tu veuilles planter un clou dans un mur. Par exemple pour accrocher dans ta chambre un portrait de ton démon préféré Snuphuluzius Radiomir Quolph Batalyx Pherkulek Golchong XVII.

Si tu as déjà eu l'occasion de planter un clou quelque part, tu sais que :

a) C'est fatigant.

b) On peut se donner maladroitement un coup sur les doigts.

c) On risque de tordre le clou.

d) QUI AIME TRAVAILLER QUAND UN AUTRE PEUT LE FAIRE À SA PLACE ???

La solution pour s'épargner cette tâche fastidieuse : tracer au feutre un heptagramme magique sur le mur, placer le clou au bon endroit, positionner le marteau délicatement sur la tête du clou et prononcer une formule frappante (tu sais, celle qui sert normalement à invoquer les esprits frappeurs).

Sssssiou – le clou s'enfonce alors dans le mur comme dans du beurre.
Problème résolu.

Autre exemple : tu es assis sur les toilettes.

Cette situation t'est familière, n'est-ce pas ? Tu es assis là à attendre et, malgré tes efforts, il ne se passe rien. En murmurant une formule glissante et en traçant en l'air un heptagramme avec ton doigt, tu pourras réussir ta commission ! Tu devrais essayer à l'occasion.

Mais assez parlé ! Cet heptagramme-ci doit ouvrir une porte – en interaction avec les symboles peints sur les murs de la caverne et la formule astucieuse que je vais bientôt prononcer. Et alors je vais me glisser par la porte ouverte et *hop* ! Je serai…

SORTI DE CE LIVRE !

Et je pourrai ENFIN partir à la découverte de votre monde !

Tu me demandes ce que tu dois faire du livre une fois que j'en serai sorti?

Pffff, qu'est-ce que j'en sais, moi ? Une fois que je n'y serai plus, il ne sera plus ni intéressant ni précieux : il n'y aura plus que des faits historiques insignifiants à l'intérieur. Je te conseille de le jeter. Personne ne te le réclamera.

Bon. Pour la dernière partie des préparatifs, tu ne peux malheureusement pas m'assister. Il faut que j'effectue un rituel autour de l'heptagramme de galets...
Comment dire ça ?

Ce que j'ai honte....

Je veux dire... *Je dois danser !*
S'IL TE PLAÎT !
Ce n'est pas convenable pour un démon aussi terrifiant que moi !

PERSONNE NE DOIT ME REGARDER EN TRAIN DE LE FAIRE, COMPRIS ?!?

Alors : *HOPOPOPOPOP ! DU BALAI !*

Referme le livre, compte leeeeeentement jusqu'à 20, puis rouvre-le et rends-toi à la ***page 18*** *!*

Puor neu riasno ncoere inpliexqueé usqju'ii, l'eesnmlbe esd derangs sepèsec de donirauses es onts téteinse à al nif ud trécacé. Aitercnes rhétoies nechenpt uorp l'ampict d'uen rgenad étomérite rus al rerTe, d'utraes vipirélgenit nu lebuomerevsent limitacque. Niatrecs censifituqies uraieant vuotré sde racest d'nu ilovent remtlebment ed retre iqu rauiat letelnemt ecuoés al palèten à al inf ud cétarcé uq'il tuaria révip uxa sogr isuranes suot oynems es bisastunce.

Phouuu... sauvé ! Et comme je le pensais, ces imbéciles affamés ont perdu ma trace dans le bois. Mais... pour combien de temps ?

Je dois déguerpir de là au plus vite ! De ce chapitre, tout d'abord, qui grouille de sauriens morts de faim, et, pour finir, DE CE MAUDIT LIVRE !

Quoi ? Qu'est-ce que tu *veux* ?

Que je t'explique, une fois de plus, ce qui m'est arrivé ?

JE ! NE ! FAIS ! PAS ! PARTIE ! DE CE LIVRE !

Je viens *des enfers* et je veux sortir d'ici – pour être dans le monde, *à l'extérieur* de ce livre.

EXACTEMENT LÀ OÙ TU ES, COMPRIS ?

Comment je suis *entré* dans un livre ? Et pourquoi je suis coincé là-dedans ?
Question légitime...

Mais je ne vais pas te répondre maintenant ! J'aperçois encore quelque chose qui bouge, au milieu des feuilles ! Si tu m'aides à me mettre à l'abri, je te raconterai tout après. Promis !

Comment tu peux m'aider ?

Ouh, là, là... Tu ne fais vraiment pas partie des plus intelligents là-haut, pas vrai ?

Comme, tu sembles pouvoir agir directement sur ce qui se passe ici, tu pourrais peut-être m'expédier dans un autre chapitre ? Un autre chapitre SANS gros lézards !

Écoute bien et fais ce que je te demande cette fois-ci : ferme ce livre, tiens-le bien entre tes mains et *secoue-le* violemment. Il serait préférable de te lever pour faire ça : tu pourras mieux déployer tes bras !
(Si tu veux, tu peux aussi sauter de temps en temps. Tu ne gagneras pas en élégance, mais cela augmentera l'amplitude de ton mouvement.)
Si ça marche, j'ai de fortes chances de glisser en dehors des pages et de me retrouver à un autre endroit du livre...

Hmm... Oui, je sais, ce plan paraît extrêmement intelligent. Rien d'étonnant : l'idée vient de moi après tout !

Alors, c'est parti : **SECOUE LE LIVRE AUSSI FORT QUE TU PEUX AVEC TES PETITS BRAS D'HABITANT DE LA SURFACE !**
Et ne t'arrête pas tant que tu n'as pas fini de compter lentement jusqu'à dix.

Rassure-moi, tu sais compter jusqu'à dix, au moins ?
J'ai comme un mauvais pressentiment...

Ensuite, ouvre le livre... disons à la ***page 76*** *et vérifie si je suis toujours coincé à l'ère du crétacé.* Si c'est le cas, il va falloir qu'on trouve autre chose. Mais si tu ne m'y vois pas, ça signifiera que je serai enfin dans un autre endroit du livre, comme prévu. Dans ce cas :

IL FAUT
QUE
TU ME TROUVES !

Voilà comment tu vas t'y prendre : tu feras défiler les pages du livre avec ton pouce comme pour regarder un flip book.
Qu'est-ce que c'est, un flip book ?

Eczéma et mycose – ce que tu peux être ÉNERVANT !
Oh, non – voilà qu'un autre lézard gigantesque avec plus de dents que dix tatous géants réunis est en train d'approcher discrètement près de moi...

JE VEUX M'EN ALLER D'ICI, TU M'ENTENDS ???

Fais défiler les pages assez vite, jusqu'à ce que tu tombes au bout d'un moment en page de gauche, sur les mots **HÉ HOOOO imprimés en rouge**.

Ce sera moi. Je crierai et j'agiterai les bras jusqu'à ce que tu me trouves. Ensuite, on réfléchira à un moyen de me sortir de ce livre.

Alors, je résume encore une fois (au cas où l'un de nous deux serait une andouille indécrottable) :

- *SECOUE LE LIVRE EN COMPTANT JUSQU'À DIX.*

- *OUVRE-LE À LA* ***PAGE 76****.*

- *SI JAMAIS JE N'Y SUIS PAS :*
  Trouve les mots HÉ HOOOO au milieu d'une page gauche du livre.

Flatulence et putréfaction – un T-Rex !
ET IL SE DIRIGE DROIT VERS MOI !!!

VAS-YYY !

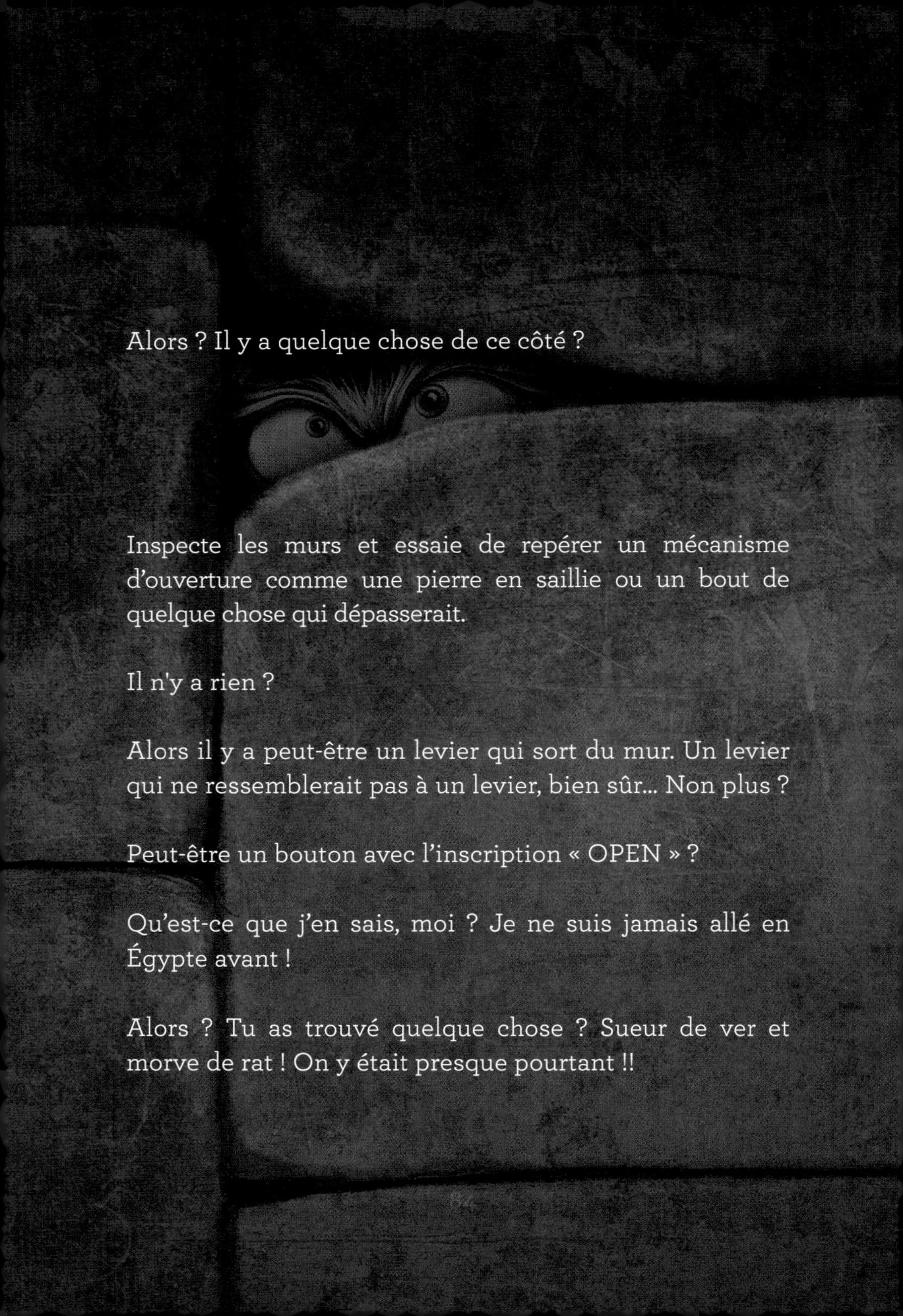

Alors ? Il y a quelque chose de ce côté ?

Inspecte les murs et essaie de repérer un mécanisme d'ouverture comme une pierre en saillie ou un bout de quelque chose qui dépasserait.

Il n'y a rien ?

Alors il y a peut-être un levier qui sort du mur. Un levier qui ne ressemblerait pas à un levier, bien sûr... Non plus ?

Peut-être un bouton avec l'inscription « OPEN » ?

Qu'est-ce que j'en sais, moi ? Je ne suis jamais allé en Égypte avant !

Alors ? Tu as trouvé quelque chose ? Sueur de ver et morve de rat ! On y était presque pourtant !!

Je suis sûr qu'il y a quelque part dans cette salle un portail magique qui n'attend que moi. Il faut ABSOLUMENT le trouver !

AAAAARRRRRHHHHH !!!

OK, OK, je garde mon caaaaaaalme.

Il ne nous reste qu'une solution, nous n'avons pas le choix : nous devons abandonner la pyramide et me transférer dans une autre époque.

Tu sais ce que ça veut dire : ferme le livre et secoue-le aussi fort que tu peux. Vraiment TRÈS fort, pour changer, d'accord ? J'aimerais bien être déplacé dans une époque où les gens ne seraient plus des lourdauds mais auraient peut-être déjà inventé une ou deux petites choses utiles comme des cerveaux interchangeables, des fourchettes laser, des pneus goût réglisse ! QUELQUE CHOSE qui pourrait m'aider à sortir d'ici !

Alors : **SECOUE LE LIVRE !!!**

Referme le livre et secoue-le à nouveau pendant dix secondes, aussi fort que tu peux. Ensuite, mets-toi à la recherche d'une page sur laquelle est représenté, dans le coin en bas à droite, un livre ouvert avec des lunes et des planètes.

COUP DE TONNERRE ET PLUIE DE CRAPAUDS !!!

ÇA FAIT MAL !!!!

Tu es tombé sur la tête ou quoi ? Tu avais UN truc à faire : plier ce fichu plan de manière à me faire passer de l’autre côté. SANS me faire grignoter !

*Retourne tout de suite à la **page 33** et essaie encore !!!*

Les pyramides servaient de tombeaux à certains pharaons. Ces impressionnants édifices à la base parfaitement carrée se rétrécissent harmonieusement jusqu'au sommet. Ces tombeaux paraissent gigantesques de l'extérieur, mais les couloirs et les pièces funéraires ne représentent qu'une toute petite surface à l'intérieur.

Aujourd'hui encore, la méthode qu'ont utilisée les bâtisseurs égyptiens pour ériger ces tombes monumentales reste en partie un mystère. Personne ne sait exactement comment ces innombrables blocs de pierres de plusieurs tonnes ont pu...

HA ! On y est. La chambre funéraire !
Pardon ? Tu as quoi ?

LA PÉTOCHE ???

C'est pas vrai…

Alors écoute, je vais t'expliquer quelque chose : il n'y a rien ici qui puisse te causer des sueurs froides. En dehors de nous deux, il n'y a ici qu'une seule personne – le Pharola dans sa boîte bariolée là-bas. Et en plus, comme il est raide mort, il n'est pas en état de se plaindre de notre visite, pas plus que...

Quoi ?

Non ! Il ne va pas se lever d'un coup et se mettre à tituber dans les couloirs en poussant des grognements lugubres. Il en serait incapable. Non seulement parce qu'il est mort depuis des milliers d'années et sec comme une feuille desséchée lors d'un automne caniculaire, mais parce qu'en plus il est *momicifié* !

Ou peu importe comment ça s'appelle.

Ce que je veux dire, c'est que les vieux Gyptiens enroulaient autrefois leurs rois morts dans des couches incalculables de papier toilette *(ou peu importe ce qu'ils utilisaient d'autre)*. Pour quelle raison, je n'en ai aucune idée. Peut-être parce qu'il était plus facile de les envoyer par la poste comme ça ?

Donc, même si Khé-Oups se relevait et cherchait à avancer vers nous à tâtons en poussant d'affreux grognements, il s'écroulerait par terre de tout son long parce que ses jambes sont emmaillotées fermement.

Tu vois : il n'y a vraiment aucune raison de...

Qu'est-ce qu'il y a ?

*Le **QUOI** du Phatero ?*

Bon sang, tu sais que tu m'agaces, toi ?

Cette histoire de malédiction qui s'abat sur tous ceux qui troublent le repos éternel du pharaon, ce ne sont que des sornettes ! Des âneries, des calembredaines ! Et comme tu le vois, nous, les démons, en connaissons un rayon dans ce type de vocabulaire !
Dans ce cas précis, il se trouve que je connais le contexte exact qui a conduit à ce terrible malentendu historique connu dans le monde entier ! Mais je te raconterai ça une autre fois. Peut-être.

Voyons d'abord si...

A-HAAA !

Des écrits !

Quoi ? Oui, je sais bien que ces petits dessins s'appellent des huroglucides.

Des hiérophants.

Des hulgoplifs.

OH, ÇA VA, MONSIEUR JE-SAIS-TOUT-MIEUX-QUE-TOUT-LE-MONDE !!!

L'important, ce n'est pas de savoir comment ça s'appelle, mais de découvrir le sens de ces symboles ! Si les Gyptiens, en ce temps-là, étaient vraiment aussi malins qu'on le dit, alors ils conaissaient sûrement déjà l'existence de l'enfer et de ceux qui l'habitent, à savoir…

LES DÉMONS COMME MOI

LÀ !

Tu vois ça ? J'avais raison ! Ils nous connaissaient ! Cette créature à tête de chien, là-bas, c'est sans aucun doute mon cousin par le parrain du côté de ma grand-mère Shub-Karrolus ! Ce n'est pas très ressemblant, d'ailleurs... En vrai, il est beeaaaauucoup plus gros ! Ha, ha, ha !

Et ça, là, ce personnage à tête d'oiseau... Ça doit être mon arrière-grande-belle-cousine Oldefonsyna. Elle aussi est un peu différente en vrai. Si elle voyait ce portrait, elle entrerait dans une terrible colère, parce que ses « traits harmonieux » et son « teint doux de clair de lune » ne sont pas franchement mis en valeur. HA, HA, HA, HA !

Dans tous les cas, le fait qu'on ait dessiné autant de membres de ma famille ici est plutôt bon signe. Ça prouve que les Gyptiens ont trouvé un moyen d'ouvrir la porte des enfers ! Autrement, ils n'auraient jamais pu deviner l'existence de Shub-Karrolus, d'Oldefonsyna et de tous les autres.

Par conséquent, je vais maintenant me plonger dans ces hiéroflans afin de tenter de dénicher un indice qui nous permettrait de retrouver cette porte...

QUOI ?

Tu *dois* faire quoi pendant ce temps-là ?

Tu te sens *COMMENT* ?

Bouton purulent et crise d'eczéma ! Vous autres, habitants de la surface, vous êtes vraiment ce qu'on a inventé de pire depuis la rougeole et les maux de dents !

Je me fiche bien de savoir ce que tu fabriques pendant ce temps ! Je ne suis pas ton baby-sitter !

Et maintenant *chuuuut* ! J'ai besoin de me concentrer sur les signes représentés.

Que vas-tu faire ?

Tu t'assois bien sagement dans un coin et tu attends sans faire de bruit ? Continue ***page 84*** *!*

Tu entonnes une chanson guillerette et bien rythmée pour passer le temps ? Alors rends-toi ***page 100*** *en chantant à tue-tête !*

BINGO !

LA VOILÀ !

LA FORMULE QUI VA ME SORTIR DE CETTE PRISON !!!

Eeeeeenfin je vais pouvoir prendre d'assaut le monde de la surface, manger des chips, effrayer les petits enfants et les grands enfants, monter les adultes les uns contre les autres, déclencher des guerres, répandre le chaos sur l'humanité, dévorer des petits caniches tout mignons…

… euuuh…

Ce que je veux dire, évidemment, c'est qu'enfin je vais pouvoir m'échapper de ce livre trop étriqué pour moi et explorer le joli monde de la surface, dans une attitude tout à fait bienveillante et respectueuse… (Tous, tous.)

C'EST PARTI ! Voyons un peu ce dont nous avons besoin pour ce sort.

J'espère que je ne vais pas en perdre mon latin…

• Une grande **pièce** (vide à l'exception des organisateurs du rituel).

Check ! ✔

• Un **silence** total.
Pas de problème : toi, tu restes muet comme une carpe et Gallimi Gollofatz dort.

Check ! ✔

• La **formule magique** *Liberatio Daemonum.*

Check ! ✔

• Une **température** comprise idéalement entre 35 et 38° C.

Hein ?

Comment ça ? Ils se fichent de… Je veux dire, qu'est-ce que **C'EST QUE ÇA** ?

Mince ! Comment réchauffer cette grande pièce ? Chamallo Gallo n'a pas de chauffage et la cheminée, au fond, est aussi froide qu'un frigo. Le temps que j'allume un feu et que la pièce se réchauffe jusqu'à atteindre la température exigée, il va se passer… **AAAAAATTENDS VOIR !**

Ça pourrait marcher.

TU VAS T'EN OCCUPER !

Ne me regarde pas comme ça avec ce regard de merlan frit ! Comme ton postérieur est à la température idéale exigée, il suffit que tu t'assoies sur le livre ! Je suis trop malin !

MAINTENANT !

Combien de temps demandes-tu ?

Hmm… Le livre n'est pas siii épais, la chaleur devrait vite se propager aux pages intérieures.
Le temps de réciter une poésie, ça devrait suffire.

Tu as entendu ? Tu t'assois sur le livre, tu récites une poésie, et quand tu as fini, tu rouvres le livre.

Bon sang, ne commence pas à m'énerver ! Si tu ne connais pas de poème, tu n'as qu'à déclamer *les paroles* d'une chanson. Ou un passage marrant d'un de tes films préférés.

TU DOIS

BIEN CONNAÎTRE QUELQUE CHOSE, NON ???

Referme le livre et assois-toi dessus jusqu'à ce que tu aies récité une poème, le texte d'une chanson ou autre chose. *Puis reprends le livre et ouvre-le à la* ***page 142*** *!*

Garghl ? Mais quel… ?

ARRÊTE ÇA TOUT DE SUITE !!!

Prout de bison et rototo de bouc – c'était épouvantable ! Comment veux-tu que je me concentre avec ça ?

Oh, là, là, c'est bon ! Tu t'ennuies, j'ai compris !

Heureusement, comme je suis un démon, je peux faire deux choses en même temps : lire des hiérophants ET te raconter une histoire passionnante pour que tu te taises pendant quelques minutes.

Ça te dit ?

Une histoire passionnante ?

HEIN ?

HEIN ?

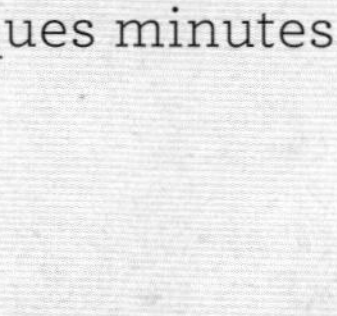

C'est d'accord. Alors arrête de te plaindre et ouvre bien grand tes oreilles !

Comme tu me l'as réclamé tout à l'heure avec insistance, je vais te raconter ce qui a donné lieu à la fameuse « malédiction du pharaon ».

J'espère que tu te rends compte de la chance que tu as ? Tu seras le premier habitant du monde de la surface à connaître la vérité. (Faut-il te préciser que jamais tu ne devras la répéter ? De toute façon, personne ne te croirait...)

Alors installe-toi confortablement, étends tes jambes, prépare-toi des chips ou du pop-corn et sers-toi un grand verre d'alcool... ou ce que vous avez l'habitude de boire, vous les enfants d'ici.
Car la voilà :

L'histoire de

LA MALÉDICTION DU PHARAON

(aussi appelée : L'Affaire du ragoût)

Tout commença il y a une centaine d'années, chez mon oncle Raspulorsch-Zafirunkulos...

Petite précision : en fait, ce n'est pas vraiment mon oncle, même si, *en enfer*, on est tous plus ou moins de la même famille. Bien que je ne sois pas de sa famille, je l'ai toujours appelé « tonton Raspu ». Cela a dû t'arriver à toi aussi : quand, depuis tout petit, on voit très souvent un ami proche au point de le connaître aussi bien que s'il faisait partie de sa famille, on finit par l'appeler « tonton ».

Quand j'étais petit, tonton Raspu n'était pas toujours près de moi *en vrai*, mais son *odeur*, elle, était toujours présente...

À première vue, Raspulorsch-Zafirunkulos n'était pas un démon particulièrement extraordinaire.
Il était d'une taille banale (5,78 m), ses cornes étaient tout ce qu'il y a de plus insignifiant (quatre machins pointus en tire-bouchon, deux sur le front, deux à l'arrière de la tête), ses trois yeux avaient une couleur quelconque (rouge flamme), son bidou de démon poilu était d'un gras ordinaire (je dirais qu'il pesait entre 3 et 12 tonnes, en gros).

En revanche, il y avait une chose chez tonton Raspu qui n'était pas banale du tout : son système digestif.

Je m'interromps un instant pour te préciser qu'en général ça sent pas trèèès bon en enfer – comparé au monde de la surface, en tout cas.

Ça s'explique en partie par les gaz volcaniques qui envahissent constamment les cavernes et les galeries souterraines. Certains (les gaz sulfureux) sentent l'œuf pourri, d'autres (qui viennent du noyau même de la Terre) font penser, au choix, à l'odeur des pieds qui n'avaient pas été lavés pendant au moins des dizaines d'années, ou alors au vomi. Ou les deux ensemble.

Et ce qui n'arrange rien, c'est que les démons mangent tout ce que leurs dents leur permettent de broyer. C'est-à-dire... eh bien, littéralement tout : du granit à la roche volcanique en passant par les os, le métal, le bois ou encore le chocolat aux noisettes, le pâté de dinde et la super-glu. Vraiment *tout*.

De par ce régime alimentaire très particulier, les intestins (on peut en avoir plusieurs !) d'un démon doivent être en mesure d'assimiler les denrées les plus farfelues. Et c'est bien ce que font les intestins.

Le reste de ces drôles de repas finit dans nos toilettes volcaniques brevetées par nos soins. Ces petits cratères creusés dans le sol sont directement reliés aux bassins de lave souterraine. Ce qu'on y laisse tomber se mélange à tout jamais à la roche liquide extrêmement chaude où tout brûle en une seconde.

Ce que je veux dire, en fait, c'est que, comme ça ne sent pas franchement la violette ni la menthe *en enfer*, les démons sont habitués, d'une certaine manière, à une forme de puanteur générale.

Et puis… Et puis
il y a tonton Raspu.

Je ne sais pas très bien ce que les intestins de tonton Raspu ont de différent de ceux des autres démons, mais j'ai pu constater que ses flatulences étaient d'une telle puissance, d'une telle violence, qu'elles étaient capables de retourner l'estomac d'un démon magmatique adulte s'il approchait à moins de 500 mètres de la maison de tonton Raspu.

Or tonton Raspu avait souvent des flatulences…

Heureusement, nous autres démons, nous sommes un peuple tolérant…

Je ne m'explique pas pourquoi certains habitants de la surface sont convaincus du contraire, ce que je trouve plutôt injuste ! Tout ça parce qu'un jour, il y a longtemps, je ne sais qui de chez nous a dévoré je ne sais qui de chez vous. Rôti et dévoré ou grillé, recouvert de sauce et dévoré, je ne sais plus.
Vraiment injuste, je te le dis !

… En enfer, tout le monde peut faire ce qu'il veut, en réalité.

Et quand les voisins de tonton Raspu se sont rendu compte qu'il était impossible de vivre à proximité de chez lui sans rendre son déjeuner au moins cinq fois par jour, ils ont pris leurs maisons et les ont réinstallées quelques kilomètres plus loin. N'est-ce pas un bel exemple de tolérance ?

Tout allait donc pour le mieux chez nous jusqu'au jour funeste de *l'affaire du ragoût*.

Tonton Raspu avait entretenu toute sa vie de bons rapports avec le monde de la surface. Il lui était arrivé de se montrer sans le vouloir, lors de nuits de pleine lune, à une poignée d'autochtones d'une île perdue au milieu des mers du Sud. Son apparition avait bien failli faire mourir de peur queques prêtres vaudous en plein rituel.

La nouvelle d'une telle apparition avait fait le tour du monde et, régulièrement, des offrandes étaient faites en son honneur partout sur la Terre : sur un autel ou au pied d'une statue, les gens déposaient des cadeaux en l'honneur de cet esprit démoniaque (dont le nom changeait d'un pays à l'autre) et entonnaient un ou deux chants puis disparaissaient.

Tonton Raspu n'avait plus qu'à se glisser la nuit à la surface, en passant par un de nos portails magiques, afin de récupérer toutes les offrandes. La plupart du temps, c'était de la nourriture : des fruits, des légumes, du jambon, du pain et des gâteaux.

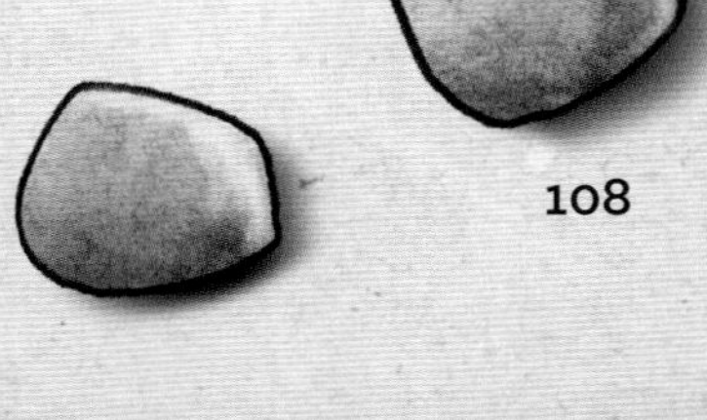

Durant cette nuit fatale, tonton Raspu eut la glorieuse idée de ne pas se goinfrer comme à son habitude, mais de préparer un ragoût avec tous les mets qu'il avait rapportés. Voici le détail de ces offrandes :

1. Cinq quintaux de fèves très épaisses.
2. Deux chargements de choux verts.
3. Trois quintaux et demi de céleri.
4. Huit quintaux de choux blancs un peu trop mûrs.
5. Quatre sacs de lentilles.
6. Une brouette d'oignons gros comme le poing.
7. Sept caisses de baies et de fruits encore verts.
8. Vingt bouteilles de vin de palme (distillation maison, 80 % d'alcool).

Aussitôt dit, aussitôt fait. Tonton Raspu hissa sa plus grosse marmite sur sa cuisinière à lave, y versa tous les ingrédients, assaisonna généreusement, avec du poivre et assez de piment pour tuer un requin blanc dans la force de l'âge, et il remua.

Et remua.

Et remua.

Et remua...

Bien entendu, tonton Raspu savait que le secret d'un bon ragoût était de le laisser mijoter le plus longtemps possible à feu doux : une demi-journée, une journée entière, voire deux jours.

Malheureusement, tonton Raspu n'était pas très patient et il était affamé ! Alors il laissa cette tambouille cuire simplement dix minutes à gros bouillons, puis il alla chercher une cuillère (à peu près aussi grande que la pelle que tes parents utilisent pour déblayer la neige en hiver) et se mit à table.

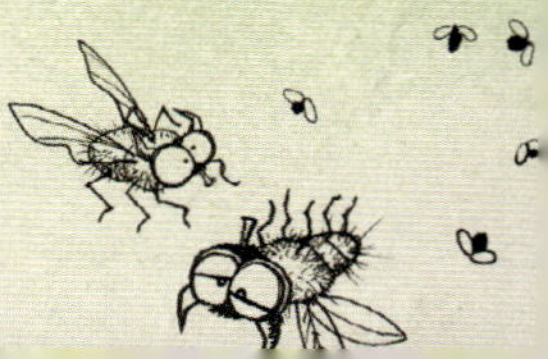

Un vrai démon qui se respecte finit toujours son assiette ou sa marmite.
Lorsque tonton Raspu laissa tomber son immense cuillère, il était si rassasié que ses bras et ses jambes touchaient à peine le sol une fois qu'il se fut allongé sur son lit.

Il roula donc jusqu'à sa chambre en soupirant d'aise, ouvrit rapidement la fenêtre pour qu'un peu d'air de soufre frais puisse lui chatouiller les narines pendant son sommeil, et il s'endormit aussitôt comme une masse.

Deux heures plus tard, le téléphone se mit à sonner chez « Big D », le grand MÉGA GIGA CHEF des enfers. Une vague de puanteur insupportable venait de déferler dans les cités souterraines – tout particulièrement dans un rayon de 50 kilomètres autour de la maison de tonton Raspu.

Pourtant bien à l'abri chez eux, les démons perdaient conscience les uns après les autres, dans leurs maisons.

Ce n'était vraiment pas beau à voir.

« Big D » décréta l'état d'urgence et envoya aussitôt une unité d'intervention. Des démons spécialement formés pour gérer les situations extrêmes, équipés de combinaisons à protection intégrale et de masques à gaz, cherchèrent la source de cette pestilentielle puanteur.

Ils la trouvèrent dans la maison de tonton Raspu.

En s'introduisant chez lui, ils le découvrirent en plein sommeil, respirant péniblement ses propres volutes verdâtres répugnantes, et l'enfouirent en un clin d'œil dans un sac de couchage hermétique.

Les intestins de tonton Raspu continuaient à faire leur travail et le sac de couchage se mit à gonfler de manière inquiétante. D'ici peu de temps, il ne pourrait plus résister à la pression et exploserait comme un ballon… Mieux valait ne pas y penser !

C'est alors que le chef de l'équipe eut une idée de génie : il suffisait de transporter tonton Raspu dans un endroit où sa terrible odeur ne gênerait personne. Tu vois où je veux en venir ?
Direction : le monde de la surface !

Comme les démons ne sont pas des monstres (comme je te l'ai déjà expliqué), ils choisirent un endroit isolé sur la planète : un désert sur le continent africain.

Les monstres localisèrent une vallée isolée entourée de montagnes : l'endroit parfait pour que l'odeur des flatulences de Tonton Raspu ne viennent jamais chatouiller les narines des habitants de la surface.
Ils recoururent à la magie pour creuser la terre et là, face de grenouilles flambées et morve d'escargots rabougris, ils tombèrent sur le Tonton Raspu des Gyptiens. Ses gaz devaient être encore plus horribles que ceux de Tonton Raspu car, lui, il était enveloppé dans plusieurs sacs de couchage emboités les uns dans les autres ! Les monstres les laissèrent chacun dans leur chambre et en guise d'avertissement, ils posèrent une plaque en pierre sur laquelle ils mettaient tout le monde en garde, en ancien égyptien, de ne surtout pas mettre un pied à l'intérieur. Puis ils rentrèrent chez eux. Problème réglé.

Tout cela se déroula vers 1900 dans votre monde. Quelques années plus tard seulement, en 1922, un arculogue nommé Howard Carter se rendit justement dans la vallée où l'on avait laissé tonton Raspu évacuer ses prouts pour...

Qu'est-ce que tu veux ? Ben oui, un archécuologue.

Ce que c'est ? Un type qui aime bien farfouiller dans les vieilleries pour savoir plus précisément comment les gens allaient au petit coin il y a des milliers d'années, ce genre de choses. Ar-ché-cu-o-lo-gie. Jamais entendu parler ?

COMMENT tu dis ?

Allez, arrête ! Tu me fais marcher ! Cette façon que tu as de prononcer ce mot me paraît tout à fait indécente !
Pfff, oh, et puis je m'en fiche.

Howard Carter – un type qui fouillait dans les vieux sites pour savoir comment les gens vivaient il y a des milliers d'années faisait en tout cas des recherches dans la Vallée des Rois (c'est comme ça que les gens de la surface appellent cet endroit). Il a fini par trouver un accès au tombeau de Tout-Ant-Kharton (c'est le nom du Tonton des Gyptiens).

Sans rire, les Gyptiens avaient franchement des noms complètement idiots à l'époque ! Alors que nous, les démons...

C'est alors que les événements s'enchaînèrent.
Tonton Raspu, qui était toujours en train de dormir dans sa chambre, avait moins de problèmes de digestion, mais des gaz pestilentiels avaient envahi l'intérieur de tout le tombeau après l'explosion de son sac de couchage, et avaient formé un terrible cocktail chimique avec les moisissures et les champignons qui avaient poussé partout dans les chambres.

La nuée de gaz qui sauta au nez de l'arcu... enfin du chercheur et de son équipe... était d'une toxicité terrible. Je souligne que seuls les démons surdoués sont capables d'élaborer de tels poisons.

Bizarrement, l'ensemble des compagnons et collaborateurs de Howard – même son canari – se mirent à succomber de manière étrange dans les semaines et les mois qui suivirent, et, pour certains même, des années après. Lorsque quelqu'un découvrit la plaque de pierre censée mettre en garde les visiteurs contre les problèmes gastriques de tonton Raspu, la confusion était à son comble.

Car alors que les hiéroglyphes disaient :

« Laissez en paix le dormeur ou vous serez frappé par des gazs pestilentiels ! »

Les archécuologues traduisirent :

« Laissez en paix le pharaon, ou vous serez frappé par sa malédiction ! »

Voilà. Et maintenant tu sais d'où vient cette superstition autour de la « malédiction du pharaon».

Je dois te préciser que tonton Raspu finit par se réveiller quelques années plus tard et put rentrer en enfer, bien que « Big D » l'ait condamné à ne plus jamais cuisiner de ragoût. Quant au tombeau de Toutankhamon, cent ans après, comme il est de nouveau bien aéré, on peut y entrer sans danger.

Bon, j'espère que tu t'es bien amusé ?

Pendant que je te racontais cette histoire, j'ai découvert quelque chose.
Regarde ! Cette suite de hiéroglyphes montre très clairement un prêtre égyptien – l'individu au chapeau pointu – en train d'invoquer un démon.

Tu vois le trou en dents de scie dans le sol, d'où le démon est en train de sortir ? Ce n'est pas un simple trou, mais un portail magique. Et d'après le dessin, il se trouvait ici, dans la pyramide où nous sommes !

C'est ! Gé- ! nial !

Pourquoi ? Eh bien, parce qu'un portail magique, même une fois refermé, n'est jamais tout à fait clos. Voici un exemple plus concret pour que tu comprennes ce que je veux dire : quand tu veux t'introduire dans une maison, c'est plus facile de passer par une porte – même quand elle est fermée à clé – que de creuser un trou dans le mur. Tu as compris ?

Ce qui veut dire que, si l'on trouve ce portail, on pourra s'épargner tout un tas de *rituels* magiques.

Je n'aurai alors qu'à prononcer une petite formule d'ouverture de rien du tout, tu apporteras de là où tu es un peu d'énergie du *monde de la surface*... par exemple, peut-être en te mouchant bien fort dans le livre ou en essuyant la sueur de ton front avec les pages ? On verra ça le moment venu.

Dans tous les cas, la porte s'ouvrira à nouveau, je passerai à travers d'un bond et...

Au revoir !
Arrivederci !
Ciao !

Hein ?

Oh, là, là... Bien sûr que c'était de l'italien ! Tu ne parles pas *italien*, c'est ça ? Pas grave, je n'ai plus le temps maintenant de m'indigner de ton ignorance. Je dois trouver ce portail !

Attends-moi sagement ici. Je vais aller inspecter le cou-
oir qui mène à la sortie de la chambre.

A-HA ! Une porte ! Et derrière, une autre pièce. Voyons voir...

Même pas de gyrokloufes aux murs. Et par terre ? Si le portail avait été ici, on devrait encore pouvoir déceler en principe un contour à sept branches sur le sol...

Hmm.
Hmmmmm.
Non. On dirait bien qu'il n'y a pas...

HEIN ? QU'EST-CE QUE C'EST QUE ÇA, ENCORE ???

D'où vient ce sable qui tombe soudain le long des piliers à côté de la porte ?

AAAHH !!

Un bloc de roche d'au moins une tonne est en train de descendre du plafond et bloque l'accès au couloir ! Il faut que j'essaie de me glisser très vite de l'autre côté…

Mille milliards de fientes d'oiseaux ! J'ai été trop lent ! Et il faudrait au moins une grue pour soulever ce maudit bloc.
Bon sang, c'est la poisse !

Hé, ho ?

Hééé hooo ?

Tu m'entends ? Je suis là-dedans !

Hééééééhoo ? Je suis en-fer-mé !

Il faut que tu m'aides, tu m'entends ? Retourne le livre, la tête en bas, tout de suite ! Peut-être que ce satané bloc de pierre pourra remonter au plafond.

DÉPÊCHE-TOI !!!

Tourne le livre la tête en bas et passe à la ***page suivante*** *!*

Retourne le livre à l'endroit et remonte le couloir jusqu'à la ***page 84*** *!*

Mince. Ça ne marche pas.

OK, bon, on va essayer autre chose : remonte le couloir. Derrière l'ouverture de porte par laquelle je suis passé, il y en a encore une autre qui devrait mener à une chambre juste à côté de celle-ci. Peut-être qu'il y a un accès caché qu'on ne peut pas voir d'ici ?

Qu'est-ce que tu attends ?

Essaie aussi de retourner le livre dans le bon sens...

Ouyouyouyouille !
Ce que ça fait mal !

On dirait bien que cela ne fontionne pas !

Quelle partie de « Plie la page avec la forêt et ses petits chemins de manière que je puisse passer de l'autre côté » tu n'as pas comprise ?!?

*Retourne sans attendre à la **page 33** et réessaie !!!*

Bien joué ! Et maintenant :

À COUVERT ! ET ON RETIENT SON SOUFFLE !!!

Il est reparti ?
Sûr ???

Pfiou !
Une chance qu'il n'ait rien remarqué. Finalement tout s'est bien passé. Grâce à moi !
Comment ? Oui, bon. Toi aussi, tu y as un peu contribué.
Mais maintenant, examinons ce livre d'un peu plus près.

WHAOU ! Je dois reconnaître que les vieilles légendes disaient vrai : on trouve dans ce grimoire vraiment toutes les formules magiques connues en enfer et que nous, démons, utilisons toute la journée ! Voyons voir...

Piqûre de moustique et morsure de tique ! Tout est écrit en LATIN ! Bien sûr, je maîtrise toutes les langues de votre stupide *monde de la surface*... mais il se trouve que, justement en latin, je n'ai qu'un tout petit 13 de moyenne. C'est trop bête.

Tu parles latin, *toi* ?
Groumpff. Pourquoi je demande ?

OK. Peut-être qu'à nous deux on arrivera quand même à retrouver la bonne formule qui devrait s'appeler, si je me souviens bien, ***Liberatio Daemonum***... ou quelque chose dans le genre.

Ouh là... Il y a des milliers de formules ! On n'arrivera jamais à toutes les parcourir d'ici demain matin.

Changeons de plan : ce livre doit avoir un sommaire... HA ! Il est là.

Ouvre bien tes mirettes, espèce de patate, pour trouver la formule qu'on cherche !

Patella 1556	Aberratio 65	Casus irreducibilus 999
Os pubis 455	Cancelli 89	Chiliagonium convexum 76 ff
Pes 236	Bipolaris 1 / 188	Electromagneticus 455
Tibia 347	Bipolaris 2 / 189	Exterus 3988 ff
Abusus 85 ff	Bipolaris 3 / 196	Limes inferior 2355
Acinus 774 X	Bipolaris 4 / 202	Limes superior 2358 f
Tuber 1000	Bipolaris 5 / 204	Logarithmus hyperbolicus 200
Os zygomaticum 900	Fractal 776	Nucleus 59
Caput 1225	Galaxias 8449	Novus anni 2022
Bergeritus 2207	Genus sectionis conicae 234	Parabola Apolloniana 440
Metaphyse 500	Imago holographica 379	Omnae constitutio 835 a-h
Os ilium 728	Instrumentum oscillatorium 749	Omicatus 835 i-j
Os temporale 1354	Instrumentum polygraphicum 75	Discus compactus 1989
Radius 3000	Instrumentum speculatorium 767	Curva elliptica 9667
Protubeantia 80	Instrumentum transistorianum 78	Conditio necessarium 89
Spina 9912	Iridio 7900	Acceleratorium 850
Liberatio 6735	Caesarium 826	Actio 998

Milly 605	Stella praete 337 X	Alter Ego 17
Logarithmus 923	Extrarius 58 ff	Carpe Diem 5
Mare Undarum 5466	Liberatio Daemonum 96	Et cetera 355
Non aptus 87 X	Demonstratio visualis 1255	Persona non grata 835
Rasputini 1855	Condensatio 770	Quid pro quo 8823
Caipirinha 17	Dissigno 102	Ad absurdum 122
Barista 782	Magneticus 79 f	Alea iacta es 56 A-H
Pendulum 1234	Modus operanti 328	A priori 600 ff
Ulna 444	Exceptione vacuus 9288	Adhoc 250
Libretto 569	libri mathematici 520 g-h	Ad notum 36
Tamtam 6789	Locus in spatio 194	De facto 888
Finale Granorium 356	Libri mathematici 900	In flagranti 544 f
Os Nasale 4425	Numerus complexus 602	In medias res 125,5
Theoria undulatoria 522	Quartus planeta 1023	Ex nihilo 52
Secundus planeta 77	Transformatio linearis 9112	Modus perandi 999
Reflecto 367	Summa absoluta 329	Summa sumarum 2345
Radix cubica 9277	Velocitatis inde 1200	Vice versa 79 ff

Trouve la formule magique ***Liberatio Daemonum***
et poursuis ta lecture à la page indiquée !

COMMENT ÇA ???

DIS-MOI QUE JE N'AI PAS BIEN ENTENDU !!!

Tu veux obtenir quelque chose en échange de l'immense honneur de me servir, MOI, un démon parmi les plus célèbres de la catégorie supérieure nichée au plus profond des profondeurs de l'enfer ?

Je crois qu'il est urgent de te rappeler à qui tu as affaire, là, misérable porteur-de-nez-au-milieu-du-visage !

Estime-toi heureux que je ne te transforme pas, toi, ta maison, tes proches et tes amis, la ville dans laquelle tu vis et tout ton continent, en crotte de nez géante aux rayures jaunes et vertes pour te punir de ton insolence !

Furoncle et bubon de peste… J'ai comme l'impression d'avoir déjà eu cette conversation – et avec un autre habitant du monde de la surface. Bah ! Décidément, ces humains se ressemblent tous !

Mais comment vais-je convaincre ce benêt de jouer le jeu ?

Moui... Peut-être que ta question n'est pas totalement infondée. Tout travail mérite salaire, c'est ce qu'on dit chez vous, non ? Ha, ha, ha.

Alors écoute bien : si tu m'aides, j'exaucerai, grâce à mes pouvoirs magiques infernaux et à la puissance inégalable,

TON PLUS GRAND VŒU !

Oui, tu as bien entendu, mon docile larbin : je réaliserai pour toi tout ce que tu désires le plus au monde.

Seulement si ***tu m'aides****.*

D'accord ?

Halte, stoooop !

Un moment !

Il faut évidemment que ce soit quelque chose de *matériel* ! Qu'on puisse toucher ! Pas une sottise comme « la paix dans le monde », l'abolition des taches de rousseur ou de transformer l'odeur pestilentielle de tes vents gastriques en effluves de caramel.

QUELQUE CHOSE DE CONCRET !!!

Compris ?

OK. Va chercher un crayon et dessine ton vœu le plus cher… disons sur cette paroi rocheuse, ici. Un croquis sommaire suffira.

Qu'est-ce que tu attends ?

Je te demande pardon ? Tu ne *sais pas* dessiner ?

Ouh, là, là… Mais qu'est-ce qu'on va faire de toi ?!

Bon, d'accord. Si vraiment tu es si peu habile… je veux dire : si tes petits doigts boudinés n'arrivent définitivement pas à *dessiner* l'objet de tes désirs, alors écris au moins ce que tu voudrais obtenir plus tard en contrepartie de ton aide (qui sera sans doute parfaitement inutile, de toute façon).

ALLEZ, ON SE DÉPÊCHE !

Dès que tu as fini, tourne la page !

Quoi...?

HA ! HA-HA-HA !!!

OUUHAAA-
HA-HA-

HA !!!

Tu es sérieux ?

C'est ÇA ton plus grand souhait ?

ÇA ???

Qu'est-ce que je rigole ! Un truc aussi stupide, ça ne peut être que le vœu d'un parfait idio... euh, enfin, je veux dire... Il n'y a pas d'offense, hein. Ça m'a échappé.
C'est d'accord. Si l'on arrive à me sortir d'ici, tu auras... ÇA ! Ça et rien d'autre !

Excuse-moi !

(MOUUAAAAH-HA-HA-HARF !!!)

Poursuis ta lecture ***page 20*** *!*

OUFFF !!!

Peut-être qu'un petit régime te ferait du bien ! J'ai l'impression d'avoir servi de tabouret pendant le numéro de dressage d'un éléphant dans un cirque... Mais ça a marché ! Il fait maintenant au moins 36° C là-dedans. Maintenant, il s'agit de vite prononcer la formule !

Je te conseille de te trouver un coin où te mettre à l'abri pendant que j'accomplis ce *rituel*. Non pas que je sois mauvais dans ce genre d'exercice (en démonologie, j'ai tout de même un petit 16 de moyenne), mais c'est qu'on ne sait jamais quelle puissance va avoir l'explosion.

Oui. L'ex-plo-sion.

Tu n'as jamais vu de films avec des tours de magie ? Ces éclairs lumineux, ces détonations, ces fumées ? Tout ça est VRAI. Pratiquer la magie c'est bruyant et c'est dangereux – enfin, il paraît.

Mais ne t'inquiète pas : dans quelques secondes je serai devant toi en chair et en os – à *l'extérieur* de ce livre – et je pourrai réparer tous les dégâts que ma libération aura pu causer dans ta chambre (ou dans la pièce où tu te trouves).

Hmm... À bien y réfléchir, il serait sans doute plus prudent que tu aies un peu d'eau à portée de main.
Au cas où quelque chose prendrait feu ! Tes habits, tes cheveux, ton nez ou je ne sais quoi d'autre que tu n'aurais pas envie de voir brûler !
Un seau plein, ce serait l'idéal.
Si tu n'as pas de seau, un verre ou une bouteille feront l'affaire. À condition que la bouteille soit déjà ouverte – par sécurité. Un nez comme le tien pourrait flamber en un rien de temps si l'on n'intervient pas dans la seconde.

Pose le livre et va chercher un peu d'eau. Dès que tu es revenu, tourne la page et poursuis ta lecture !

Bon. On peut y aller. Enfin !

Recule, regarde et admire !

(soupir…)

La vache, j'ai le trac. La dernière fois que j'ai utilisé une formule aussi compliquée, c'était… euh, jamais, je crois. Je n'ai encore jamais recouru à une formule démonologique aussi puissante. Mais bon, ça va marcher, hein ?
Ha, ha, ha !
Enfin, j'espère.

Allons, c'est parti ! Qu'est-ce qu'on a là… ?

PFURONZU-ZAPHIGLIX,

BERGAMOTHU CHRABRACHLIK,

SAKKATAKKA NYARLATHOTHEPAL

BI-FI, ORGUNZOMUS LAX…

YOUHOUUUU, SNUPHi !

**AH, TE VOILÀ !
JE SAVAIS BIEN QUE
JE TE TROUVERAIS LÀ-DEDANS !**

Qu'est-ce que…?

Qui parle, là ?

ET QUI OSE M'APPELER

SNUPHI ?

ENFIN, ÇA FAIT DES SIÈCLES QUE JE T'APPELLE COMME ÇA, MON CHOUPINOU. ET MAINTENANT, LAISSE DONC CE STUPIDE LIVRE DE MAGIE ET VIENS. UNE LONGUE ROUTE NOUS ATTEND !

Qui c'est ? D'où vient cette voix ?

Je te préviens, humain : si tu me fais une mauvaise blague, tu peux déjà dire adieu à ta petite existence...

TU N'ES TOUJOURS PAS PRÊT À PARTIR, SNUPHI ? ATTENDS, TA TATA VIENT T'AIDER...

Attends un peu !
Pourquoi cette voix me paraît si familière ?
Mais c'est impossible !
C'est...

AAAHHH!
JE SUIS ENFIN PASSÉE !
SALUT, SNUPHIFOUNET !
CONTENT DE ME VOIR ?

Arrière-arrière-arrière-arrière-grand-tata Gratilda !?!

Mais tu... tu es morte ! Il y a 666 ans !

HI, HI... OUI, C'EST CE QUE TOUT LE MONDE CROYAIT. MAIS, EN FAIT, JE ME SUIS SIMPLEMENT RETIRÉE QUELQUES CENTAINES D'ANNÉES DANS LE GOUFFRE DE POPOLAK, LA FOSSE LA PLUS PROFONDE ET LA PLUS SOMBRE DES ENFERS.

J'AVAIS BESOIN D'UN PETIT PEU DE TEMPS POUR MOI, TU COMPRENDS ?

TOUT EN BAS, LOIN DE L'AGITATION INCESSANTE ET À SEULEMENT UN OU DEUX JETS DE PIERRE DU NOYAU DE LA TERRE, QUI BOUILLONNAIT PAISIBLEMENT, JE ME SUIS ENFIN REMISE AU TRICOT ET J'AI ENFIN PU BOIRE EN TOUTE QUIÉTUDE QUELQUES TASSES DE THÉ DE LAVE.

REGARDE UN PEU CE PETIT PULL TOUT MIGNON QUE JE T'AI TRICOTÉ, MON SNUPHINOU ! TU VEUX BIEN L'ESSAYER TOUT DE SUITE ?

Fosse... Noyau de la Terre... Tricot... *Pull...* ?
Quoi ?
Non !
Iiiihh!
Va-t'en !
Ça *gratte* !

Noooooon !

Peste *bubonique* et insuffisance rénale !
De quoi j'ai l'air maintenant ?

TU ES ABSOLUMENT ADORABLE, MON GRAND, ET MAINTENANT DIS AU REVOIR À TON AMI DE LA SURFACE. ON Y VA.

Mais… Je ne *veux* pas y aller, tante Gratilda ! Surtout depuis que j'ai enfin trouvé une formule qui va enfin m'aider à m'éjecter de ce livre et me catapulter au beau milieu du monde de la surface…

NE DIS PAS DE BÊTISES, SNUPHU. MAINTENANT, TU VIENS AVEC MOI. *EN BAS*, IL Y A UNE OU DEUX PERSONNES QUI SONT UN PEU ÉNERVÉES APRÈS UN CERTAIN SNUPHULUZIUS RADIOMIR QUOLPH-BATALYX PHERKULEK GOLCHONG XVII. TU AS UNE IDÉE DE LA RAISON DE LEUR ÉNERVEMENT ?

Je, en fait… Euh…

IL SEMBLERAIT QUE TU TE SOIS CARAPATÉ SANS CRIER GARE ! « BIG D » EXIGE DES EXCUSES OFFICIELLES AU PROFESSEUR PARADONTHOS – PARCE QUE TU T'ES INTRODUIT DANS SON LABORATOIRE SANS Y ÊTRE AUTORISÉ ET QUE TU AS UTILISÉ SA MACHINE À TÉLÉPORTATION ULTRA-SECRÈTE.
ET MAÎTRE BROMULAK A ÉVOQUÉ COMME PUNITION VINGT ANS DE COURS SUPPLÉMENTAIRES POUR QUE TU RATTRAPES TOUT CE QUE TA CLASSE A FAIT PENDANT TON ABSENCE…

Je ne veux pas rentrer à la maison ! Je veux découvrir le *monde de la surface* !
Les chips ! Jouer à la PlayStation ! Ennuyer les caniches !

COMME PERSONNE NE CONNAÎT MON PETIT LAPINOU AUSSI BIEN QUE SA VIEILLE TANTE PRÉFÉRÉE, « BIG D » EST VENU ME TIRER DE MON HAVRE DE PAIX ET M'A ENVOYÉE TE CHERCHER. À CHAQUE FOIS, JE TE MANQUAIS DE PEU DANS LES DERNIERS CHAPITRES.

Tu… Tu étais là aussi, au même endroit, pendant tout ce temps ? Ça veut dire que toutes ces images idiotes qui prenaient vie en un clin d'œil…

ÇA POURRAIT S'EXPLIQUER PAR L'EXCÉDENT D'ÉNERGIE MAGIQUE, TRÉSOR. LA MAGIE D'UN SEUL DÉMON NE SUFFIT PAS À MODIFIER SON ENVIRONNEMENT IMMÉDIAT. MAIS LA RÉUNION DE NOS ÉMANATIONS INFERNALES A RUDEMENT SECOUÉ LE CONTENU DE CE LIVRE À CERTAINS MOMENTS.

HEUREUSEMENT, TOUT ÇA EST BEL ET BIEN FINI À PRÉSENT ! DÈS QUE NOUS SERONS PARTIS D'ICI, CELA REDEVIENDRA UN LIVRE D'HISTOIRE ENNUYEUX.

ET MAINTENANT : HOP, HOP, HOP, SNUPHIFOUNET : ON RENTRE À LA MAISON !

Tu n'as pas entendu ce que j'ai dit, tata ? Je ne *veux* pas rentrer !

NE FAIS PAS DE MANIÈRES, VEUX-TU ? SAIS-TU DEPUIS COMBIEN DE TEMPS JE SUIS À TA RECHERCHE ? DANS LE GOUFFRE DE POPOLAK, MON BON THÉ DE LAVE VA REFROIDIR ! ALLONS, VIENS OU EST-CE QUE TU VEUX VRAIMENT QUE TA CHÈRE VIEILLE TANTE TE GRONDE, À SON GRAND ÂGE ?

AAAHHH ! NON, ARRÊTE !!!

**ORGUNZOMUS LAX, ZAPATA OROPAX,
CHLAPPOFAZ YPSODYNKEL...**

POINTE D'AIGUILLE À TRICOTER ET MÉLI-MÉLO DE PELOTE DE LAINE ! QUEL PETIT DÉMON INGRAT TU FAIS ! MOI QUI T'AI APPORTÉ UN SI JOLI PULL. MAIS BON, TRÈS BIEN, SI TU NE VEUX RIEN ENTENDRE.

OGGLOBOGGLO-DIMPELDYNK,

SHNIEGY, SCHNEEGY

SHREKSHRAUBINSK...

Quoi ?

NON !!!

LAISSE MOI ! TRANQUILLE !

PLUS QUE *DEUX* LIGNES ET JE SERAI DEHORS…

ALLONS, DIS AU REVOIR, MON PETIT.
ON Y VA.

MAIS FAIS QUELQUE CHOSE, TOI !

NE LA LAISSE PAS M'EMMENER ! PENSE À TOUS CES BONS MOMENTS PASSÉS ENSEMBLE ET À TOUS CEUX QU'ON AURA UNE FOIS QUE JE SERAI CHEF SUPRÊME DE CE MAUDIT MONDE DE LA SURFACE !!!

TU NE M'ENTENDS PAS ?
AIDE-MOI !
SAUVE-MOOOOOIIIIIIIII

Tu n'a pas lu le premier tome ?
Découvre comment Snuphuluzius
s'est retrouvé coincé dans ce livre !

ISBN 9782036027695

Délivre-moi de ce grimoire ensorcelé

**AU SECOURS,
FAIS-MOI SORTIR !**

Il m'est arrivé quelque chose d'assez stupide. Alors, comment te dire... Je me suis en quelque sorte... ENSORCELÉ tout seul. Et maintenant, je suis COINCÉ dans ce livre idiot ! Et tu dois me... Euh... Tu peux m'aider à en sortir, s'il te plaît ?

TU VEUX BIEN ?

SOLUTIONS

(à ne lire qu'en cas de nécessité absolue)

QUOOOOIIII ???
Les exercices dans ce livre sont trop DIFFICILES ?
Tu parles sérieusement ?

Si c'est pas malheureux... Bon, pour que je ne reste pas éternellement dans ce maudit livre, je vais t'aider :

- Pages 8-9 : Il y a 28 ongles de sauriens dégoûtants pas coupés.

- Page 33 : Si tu plies bien la carte COMME JE TE L'AI DEMANDÉ, tu arrives à la sortie au numéro 78 sans croiser de gros lézards.

- Page 25 : Non, vraiment, tu ne sais pas compter jusqu'à 34, c'est ce que tu es en train de me dire ?

- Pages 42-43 : Même mon arrière-grand-beau-cousin Mulchius aurait pu tracer cette étoile à sept branches – et il n'a même pas de main ! (7 × 10, ça fait 70, gros génie.)

- Page 19 : Immonde, je te l'accorde. Mais les traces de bave de la femme des cavernes se trouvent à la page 65.

- Pages 68-69 : Mon poil se hérisse à l'idée que je doive t'aider là-dessus tant la solution est SIMPLE !... Mais la solution est 88 (Ben, oui : « ONZEFOIS4FOIS2 » !)

- Page 85 : Tu dois trouver « un livre ouvert avec des lunes et des planètes » ! C'est vraiment trop te demander ? Pet de crapaud et caca de bourdon – va donc faire un tour du côté de la page 11 !

- Pages 16-17 : Pour résoudre ce problème, tu dois évidemment commencer par la planète la plus proche et la plus éloignée du Soleil : Mercure (tout à gauche), et Pluton (tout à droite). Maintenant, tu sais où placer Neptune (voisine de Pluton). À présent, tu places les planètes aux caractéristiques faciles à reconnaître : Saturne (avec son anneau) et Jupiter (la plus grosse) suivie de Mars (voisine de Jupiter). Ensuite, il en reste plus beaucoup : ainsi, la troisième planète en partant de la gauche ne peut être que la Terre (c'est la seule qui est entourée de deux planètes plus petites). Maintenant, fais le reste et tu obtiens l'opération : $4 \times 11 - 27 + 200 + 3 - 99 - 21 + 2 \times 15$. Et si tu as un peu suivi à l'école, tu sais qu'il faut calculer les multiplications en premier, et ce qui donne comme résultat : 130.

- Pages 132-133 : Page de droite, deuxième colonne, troisième entrée en partant du haut, petite tête ! Ça continue page 96 !

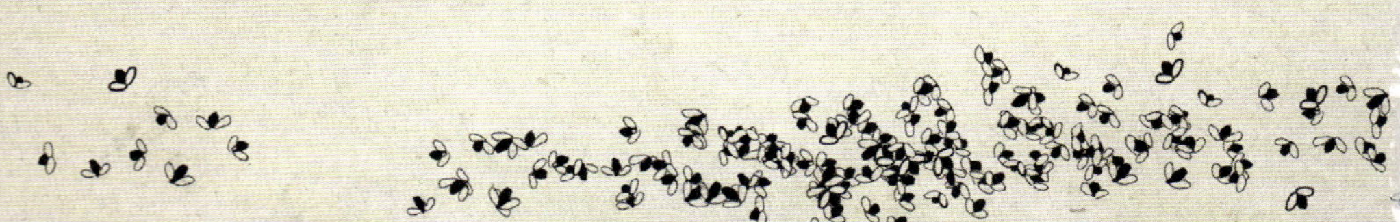

HISTO